大地上的家乡

李　强　著

长江出版传媒

长江文艺出版社

图书在版编目（CIP）数据

大地上的家乡 / 李强著. -- 武汉 ： 长江文艺出版
社，2024. 10. -- ISBN 978-7-5702-3800-2

Ⅰ．I227

中国国家版本馆 CIP 数据核字第 2024KS2356 号

大地上的家乡
DADISAHNG DE JIAXIANG

责任编辑：胡　璇　　　　　　　　责任校对：毛季慧
封面设计：川　上　　　　　　　　责任印制：邱　莉　王光兴

出版： 长江出版传媒　长江文艺出版社
地址：武汉市雄楚大街 268 号　　　邮编：430070
发行：长江文艺出版社
http://www.cjlap.com
印刷：湖北新华印务有限公司

开本：880 毫米×1230 毫米　　1/32　　印张：10
版次：2024 年 10 月第 1 版　　　2024 年 10 月第 1 次印刷
行数：6804 行

定价：58.00 元

李 强

中国作家协会会员，热爱诗歌四十余年，创作2000余首，发表数百首，入选多种年度诗歌选本，出版诗集六部。

自　序

从 1979 年上大学邂逅新诗一见钟情算起，结缘四十五年了，最好的人生，最好的旅程，低头抬头，回顾前瞻，皆与新诗息息相关。

从 1998 年在长江文艺出版社出版《感受秋天》开始，又陆续出版了《萤火虫》《山高水长》《潮水来了》《在水一方》《低飞与远航》等六本诗集。出诗集，是对一个阶段创作的回顾与总结，是一次照镜子，一次 CT 或核磁共振，实话实说，下定决心之后，过程是痛苦的。

古人云，青春作赋，皓首穷经。古往今来，似乎文人墨客创作的高峰期都在青壮年，鲜有例外。说来惭愧，我即是例外之一。我在 40 岁以前，经常读诗，边读边忘；偶尔写诗，屈指可数。40 岁至 50 岁，浪子回头了，认真对待读与写了。53 岁从行政一线调任大学校长，工作压力骤降，诗歌热情陡升，诗歌界的老师朋友越来越多，不知不觉中，对于诗歌有点开窍了。陶渊明辞曰：实迷途其未远，觉今是而昨非。翻翻以前的诗集，有些好的，但不怎么样的作品也不少。

什么是好诗？怎样写好诗？我追求不动心不动笔，追求有意义与有意思相统一，追求放眼世界与审视内心相统一，追求干净、明亮与温暖相统一。我想到了，做到了吗？有兴趣的朋友，看看这本诗歌自选集《大地上的家乡》，就知道了。

李强

2024.3.4

目　录

第一辑　大地上的家乡

大地上的家乡　003

你是爱中国的　004

来吧！来海南岛　006

在万绿园　008

好样的　010

王勃来过滕王阁　012

湖北　014

潜江好呀　016

1985 年以后　018

微风细雨　020

风不停　021

最好的春天　022

白雾茫茫　024

寻找香格里拉　026

一粒沙尘在青海湖边走失　028

从林芝回拉萨的路上　029

车过山西　031

呼伦贝尔纪行　033

梦回凤凰　035

我来到了四方街　037

在余村　039

寻玉记　041

寻关记　042

我是不是到过喀什　043

精灵们　046

丽正门燕子成群　047

这是四点零八分的拉萨　048

第二辑　老家河南

老家河南　053

78 年了　055

1985 年　057

面食比米饭养人　058

想起河南　059

品读中原　061

妈妈来了　063

下雨的夜晚想起妈妈　066

妈妈　068

一盏灯还亮着　070

偶尔　072

小庄　073

庐山记忆　074

天堂之路　075

猴年马月　076

回到从前　077

第三辑　看见龙港

看见龙港　083

记忆中的小镇　085

老街　087

低飞与远航　088

忽一日　089

那山那水　091

想起光明　093

老谷烧　095

大马路　097

鸡犬不宁　098

远山远水　099

哦，彩虹　100

清脆　101

被辜负的少年　103

春天翻过了几个山头　104

黄昏灿烂　105

下雨了　106

跪搓衣板　107

潮水来了　109

回故乡之路　113

第四辑　武汉来了

武汉来了　117

在水一方　122

地理课　123

窗外的大武汉　124

冬季到武汉来看雪　126

高山流水　127

知音号　129

车过中山公园　131

车过前进五路　132

有人路过清芬路　133

华中大校庆日随想　134

礼拜溻水　136

话说新洲　138

在马影河畔　140

坤厚里　141

大路朝天　142

长江十年禁渔遐思　144

秋风光临了江城　147

秋之珞珈　149

山雀子噪醒的武汉　150

慢一点，再慢一点　152

在花乡茶谷　154

美女如云　155

武汉2049　157

一点点爱上这座城市　160

第五辑　本世纪最后一个夏天

本世纪最后一个夏天　165

春天来了　167

好呀！春天无恙　170

有多少春天比春天更远　171

雨水来了　172

春分了　173

人间四月天　175

五月的风呀　176

在五月　177

小暑　179

大暑日邂逅韭莲　180

八月的女儿国　181

感受秋天　183

白露　184

秋分了　185

哦！小雪　186

冬天的阳光　187

过年　189

我的大学，我的校花　190

海子与花楸树　192

第六辑　有四片叶子的三叶草

有四片叶子的三叶草　197

最后一片叶子　199

瓦尔登湖　201

瞧！这个人　203

梭罗读了很多书　204

苏格拉底的麦穗　206

霍诺德登上了酋长岩　208

写给 1900　210

我们的父辈　212

我想问一问奥本海默　214

是一阵风　216

忘记我　217

巨流河 219

一滴泪 220

老人与海 222

伊豆的舞女 223

美丽的梭罗河 224

外婆的澎湖湾 225

与悟空书 227

与唐僧书 229

清明节想起一个人 231

想起了孟浩然 233

第七辑　致莫宁

致莫宁 237

致青茶 239

我在英国聆听风声 241

冥想意大利 242

瑞士一掠而去 245

去冰岛 247

基督城雅芳河 249

波罗的海 251

印象俄罗斯 252

纪念碑 253

埃及，埃及 255

马达加斯加　256

看什么看　258

路过圣尼古拉斯　259

在圣马丁公园　261

淡淡飘过　262

漂流瓶及其他　264

第八辑　微笑

微笑　269

萤火虫　270

给 XSR　272

我喜欢的女子不要多话　274

好好地　276

绿皮火车　278

无知的日子真幸福　279

土豆有话说　281

我要　282

诗人们　284

飘呀飘呀，飘不见了　286

松脂　288

学做好人　290

感悟　292

这么多年了　294

父亲这个人　295

琥珀　297

每次旅行都丢东西　300

那抛弃我们的　301

你是我的镜子　302

我只在诗中记录生命　303

第一辑

大地上的家乡

一个人生了好久

才真的生了

偶尔还是一张白纸

一个人死了好久

才真的死了

偶尔还会说笑

一个人一个格子

一切的一切

都方方正正的

最不缺的，最不够的

是土地

土地一分为三

种庄稼

盖房屋

埋亲人

2021. 8. 7

你是爱中国的

你爱大熊猫

恨不得亲一亲，抱一抱

恨不得和它们一起打个滚儿

恨不得和它们一起

啃一啃新鲜竹笋

大熊猫一年年增多了

你那个高兴哪

跟自己荷包一年年暖和了

一样高兴

那么可以肯定

你是爱中国的

你爱祁连山

爱它的巍峨、险峻

积雪与流云

爱它星罗棋布的儿女们

徜徉在一望无垠的黑河湿地

你是欣喜的

耳闻大佛寺一声声燕子呢喃

你心动不已

那么可以肯定

你是爱中国的

你怀念袁隆平

决心好好吃饭

珍惜每一粒粮食

你惦记离家北上的象群

怕它们迷路了

怕它们误伤当地居民

你不时盘算着出趟远门

朝拜布达拉宫、博格达峰

在库布齐沙漠愉快劳动

种下骆驼刺、芨芨草

等候闻讯赶来的风雨彩虹

那么可以肯定

你是爱中国的

2021. 6. 9

来吧！来海南岛

三角梅源自巴西

开红色花，开紫色花

唯独在海南岛

可以开成七彩霓虹

神奇吗？确实神奇

说到南繁，无非海南

在三亚，一年四季

水稻仪仗队迎风起舞，生生不息

这可是袁隆平院士的大骄傲

是他亲自命名的

海南岛真好呀

一些人来了

心神不宁的

一些人走了

兴高采烈的

何止苏东坡

何止黄道婆

最近十数年间

手持手抄的更路簿

上岛寻梦圆梦的年轻人

据说有数十万呢

有心人三三两两

上白石岭

找到了白石

下海棠湾

拥抱了海棠

我说朋友，来吧

来海南岛

秋分了

一轮明月

快从海上升起了

不如来到天涯诗会

邂逅自己的伯牙与子期吧

2023. 9. 26

在万绿园

在万绿园

遇见一只柚子不是柚子

不是椰子

穿着绿褂子

腆着大肚子

但不是就是不是

游子不是浪子

孔子不是老子

一只柚子不是柚子

是葫芦

傻了吧！傻瓜了不是

在万绿园

遇见一只戴胜刚刚获胜

它趾高气扬

它豪情万丈

它衣锦还乡

比刘邦还刘邦

一对知趣老夫妻

赶紧躲得远远的

在万绿园

遇见一座桥

桥上的风景

显然大于桥下的

遇见一座楼

它浓妆艳抹

眺望琼州海峡

似有淡淡乡愁

遇见一美少女

推一辆共享单车

走过高大婆娑小叶榕树

十之八九

不是失恋了

九之七八

在背单词

背古诗词

遇见一枚超级月亮

一会儿张九龄

一会儿苏东坡

一会儿躲猫猫

哦！想起来了

这是癸卯年中秋夜

这是在海口不在汉口

2023. 10. 1

好样的

好样的林恩茶

芬芳了四海五洲

好样的李渡酒

四种香气融入一口

好样的文港笔

乾隆爷赞曰：九天雨露

好样的江中药

养眼养胃又养心

还可以免费品品

喂，兄弟当心

莫拿错了

莫拿参灵草

大几百块钱一瓶

好样的山水

好样的人

好样的作曲家

大名鼎鼎李国成

好样的演奏家蔡拯

他以一支竹笛

引我们姑苏行

又扬鞭催马

运来好多好多农产品

2023. 11. 11

王勃来过滕王阁

千真万确

当地人

外乡人

古人今人

没有谁怀疑过

童子还是弱冠

专程还是顺路

一时兴起还是曾经犹豫

动笔之前

有没有准备

若干有关素材

风土人物什么的

唉！想多了想多了

天才就是天才

我等望尘莫及望洋兴叹

王勃来过滕王阁

画龙点睛

如虎添翼

高山流水

觅到了知音

还有什么成语典故

更为贴切呢

王勃来过滕王阁

两全其美

王勃成为王勃

滕王阁成为滕王阁

2023. 11. 11

湖北

曰荆曰楚

坐北朝南

西边有武当，住着神仙

东边有大别，开满杜鹃

膝下有个养命的儿子

打小唤作江汉平原

曰风曰骚

地灵人杰

昭君北去

屈原南行

一个民族的背影

往事越千年

依稀故园

哪座高山

哪条流水

陪了他们最后一程

曰黄鹤楼

放过崔颢

放过李白吧

壮士去矣

一鞭直渡清河洛

还我大好河山

伟人来过

唤起工农千百万

敢教星火燎原

曰湖北

此地处洞庭湖以北

故名湖北

2019. 3. 5

潜江好呀

长江爱上汉水

是真的

比梁山伯爱上祝英台

罗密欧爱上朱丽叶

真上六七倍呢

他们不管不顾

他们跋山涉水

只为融为一体

潜江好呀

潜江成人之美

让蜜月提前两百公里

水杉、水稻、黍不语

虾兵、蟹将、大头鸭鸭

地上有贝壳路

天上有白琵鹭

潜江好呀

两千年的风雅颂

今夜又写下十行

地下的黑

天上的白

人世间的水灵灵

大氤氲

潜江好呀

芒种之后

夏至之前

一百万朵荷花

次第开了

她们有细细的腰

艳艳的脸

湖北青蛙

植物学家

用七七四十九天

科学论证过了

此地的美女

非同寻常

苗条了 54%

漂亮了 45%

2019. 6. 18

1985 年以后

1985 年以后
此地发生了不少事情

丢了一群水牛
丢了一群黄牛
牵回来一头红牛

丢了一群野鸡
丢了一群麻雀
招来三五只丹顶鹤

笔峰塔挺直了腰
向阳湖散尽了雾
去年出的新书
今年老了一岁
采风采到白萝卜
一个个喜上眉梢

很多人来了
很多人走了
横沟桥还是横沟桥
汀泗桥还是汀泗桥
最新消息是
望眼欲穿

天子山大桥
走下天子山了

2024. 3. 17

微风细雨

太空舱空降
在大幕山上
高桥河变身
网红打卡地
微风细雨
款款而行
年轻的当家人
七分骄傲
溢于言表

这十里桃花
我们栽的
这万家酒店
我们开的
亲爱的李白
您感觉如何呢

哦，还剩下三分
三分什么呢
也许是不满足
也许是不放心

2024. 3. 18

草上的麻鸭

羡慕水上的

冬天的麻鸭

羡慕春天的

被放牧的麻鸭

羡慕无拘无束的

采风，采风

从向阳湖采到大堰口

采到一毫克觉悟

2024. 3. 18

最好的春天

约会咸安

约会咸宁

约会春天

安宁的春天

有微风细雨

有美景美食美人

有美好的诗人们

有丹顶鹤

有向阳湖

有笔峰塔

我们一一凝视，抚摸

鞠躬致敬

大幕山、高桥河

柳绿花红

白萝卜白白胖胖

入夜了

一垄篝火

唤醒了满天星光

夜深了

耳边响起一阵阵

1983 年的蛙鸣

咸安，咸宁

惊蛰，春分

这是最好的遇见哪

这是最好的春天

2024. 3. 21

白雾茫茫

白雾茫茫
主人去哪里了
一壶茶
微微冒着热气

白雾茫茫
一件又一件长衫短褂
当街晾在黄槲树上
湿漉漉的

白雾茫茫
少年拼一腔热血
上了山
壮年拼一身气力
扯起帆
老年如烟消云散
再也回不到故乡

白雾茫茫
多少落英缤纷
多少前赴后继
多少鲜为人知的人与事
他和她
你和我

携手走过

消失在嘉陵江

上游、中游、下游

2018. 12. 24

寻找香格里拉

我看见青青的碧塔海

和风与桫椤轻言细语

桫椤与云杉难舍难分

我没有看见香格里拉

我看见茫茫的纳帕海

苍鹰牵引着云彩

衰草召唤着牦牛

我没有看见香格里拉

我看见横空出世的松赞林寺

转经筒忽急忽缓

诵经声忽高忽低

老喇嘛慈眉善目

小喇嘛稚气未脱

我没有看见香格里拉

我看见比太阳更热烈的锅庄

我看见比雪山更纯洁的哈达

我看见卓玛的笑容

几分羞涩、几分爽朗、几分明亮

就像家里珍藏的黑白照片

就像过去的好时光

我到了丽江

离迪庆还很远

我到了玉龙雪山

离梅里雪山还很远

我到了香格里拉

遥望消失的地平线

心中的雪莲花呀

你是我一生一世不可企及的眷恋

2006. 1. 5

一粒沙尘在青海湖边走失

青海湖广袤无垠
地球是宇宙飘荡的沙尘
青海湖广袤无垠
我们是祁连山滚落的沙尘

天路在湖边小憩
然后向西　向南
大步奔向唐古拉雪山
日亭月亭相对无语
默默送别远行的亲人
一千年站成不变的风景

天葬台敞开心扉
不见苍鹰来约会
油菜花情窦初开
蜂群也久候不来

一粒沙尘在湖边走动　张望　发呆
它看见白而柔顺的云
蓝得透亮的天
青海湖在祁连山的怀抱中安眠
它看见沙尘们越走越慢　而
更多的沙尘已在湖水的拍打中安眠

2012. 7. 1

峡谷在望

牦牛安详

雪山在望

白云吉祥

两位美人

睡得正香

神仙织就的哈达

尼洋河呀，不弃不离

指引我们走在朝圣的路上

道路平坦，略微摇晃

雪雨交加，擦亮车窗

青稞已收进谷仓

杨柳叶半绿半黄

格桑花随意开放

苍鹰自由翱翔

辽阔、纯净、和谐的新世界

就这样无休无止、次第展开

让我目不暇接、思绪飞扬

从拉萨到山南到林芝

我看到了巴松错

看到了鲁朗林海

看到了雍布拉康

从
林
芝
回
拉
萨
的
路
上

眺望无穷岁月呀

还有多少美好等着我去欣赏

从憧憬到启程到走进

我感到过困惑

感到过气短

感到过心慌

眺望无穷岁月呀

还有多少苦涩等着我去品尝

车子还在疾驶

美人还在熟睡

我目不暇接、思绪飞扬

圣殿里流出的甘泉

尼洋河呀

还在静静流淌。

2006. 9. 17

满目苍凉，比故乡更老更远的故乡

乔家院里，平遥城中，五台山上

没有水，寂寞宫花开过

金戈铁马演过，无穷岁月走过

载走水，载走平淡与传奇

表里河山的兴盛与忧伤

没有树，从西向东，从北到南

漫天风沙吹了千年

赤裸的汉子仁立

沧桑、无语而庄严

笑过、哭过、吼过的痕迹清晰可见

有三三两两的山羊，白的有点黑

黑的有点白

有一簇几簇的沙棘，黄的泛着红

红的泛着黄

没有牧羊的孩子

他撒野去了吗

他上学去了吗

他相亲去了吗

我在心里问

没有谁回答

游客散尽，晚课的钟声响起

高粱收完，秸秆又回归土地

暮秋时节，车过山西
史书上不留一笔
道路上不留一笔
我从哪里来的
又回到了哪里

2009. 11. 24

风吹草低

岁月的翅膀掠地而过

风起云涌

英雄的呐喊融入星河

风吹皱呼伦湖的衣衫

风吹乱黄骠马的旗帜

风随意说出沧桑的谜底

一会儿，这一页

一会儿，那一页

除了风

浪迹天涯的季候风

谁配叙说草原的历史

除了湖

横无际涯的呼伦湖

谁配收藏英雄的血迹

谜一样的新巴尔虎

梦一样的红花尔基

八百年前的漫天大火烧过

何处寻找弃甲遗弓、断壁残垣

马头琴悠扬，酥油茶醇香

毡帐无语，敖包相望

老额吉、小羊羔、勒勒车相伴

唱着广袤大地的纯朴、坚韧与善良之歌

走出视野，走进记忆

2007. 9. 22

梦回凤凰

梦回遥远的故乡

梦回故乡的童年

梦回童年的天堂

天空蔚蓝，田野翠绿

姜糖浓香，缭绕在老城深处

山歌清亮，飘浮在沱江岸旁

水自在流淌

洗去无名的忧郁

风自由吹拂

托起飞翔的翅膀

从现代回到从前

一次即兴的旅途有多漫长

从剧场回到生活

一次角色的转换有多匆忙

曲终人散的夜里

一个人踟蹰在彩虹桥上，看着，想着

客栈的灯光

许愿的烛光

亲人的目光

被希望点燃，被岁月熄灭

总是这样

遥远的故乡

故乡的童年

童年的天堂

偶尔被记起，经常被遗忘

总是这样

2005. 11. 10

行囊不重

心情放松

步履从容

这是 1999 年 6 月 10 日

黄昏时我走在四方街上

这个地方离我居住的城市遥远

这个地方我以前从未听说过

这个地方多次出现在我的梦里

这个地方叫四方街

四方街的路是石头铺的

四方街的房是木头盖的

四方街有黑的屋檐　白的墙壁

　　　　　温顺的柳　任性的花

清清亮亮的玉泉河水

从每家每户门前流过

白天我从大理来到丽江

晚上投宿在纳西人家阿溢灿阁

床单洗得很白

窗子擦得很净

刚歇下倾盆大雨就从玉龙雪山方向袭来

噼啪作响

天地一次
分不清故乡和他乡

听我说吧，朋友
请快到四方街来
请到这里来看景，寻梦
并在夜深人静时想些什么
请不要再找什么香格里拉
请不要再谈什么世外桃源

1999. 7. 7

苏东坡先生错了

居有竹

必定食有肉

反之则不一定

你不信

去余村看看好了

吴昌硕先生活了

活在十字名言之上

活在八十八吨巨石之上

你不信

去余村看看好了

余脉、余地、余村

清澈溪水

苍翠植被

地老天荒相随

小何说，似乎说了几遍

毛竹浑身是宝

一年四季可取

两年更新一次

是取之不尽

用之不绝的

余脉、余地、余村

余音袅袅

护送我们出湖州

过绍兴

抵南京

2020. 8. 20

黄沙漫漫

四顾苍茫

只见通灵宝玉

不见怡红院公子

白杨、青柳、芦苇荡

燕子高高低低

黄昏不肯离去

分不清是黛玉

还是宝钗

是袭人

还是晴雯

2019. 8. 2

寻关记

阳关、玉门关
一对扣子
锈迹斑斑

往事越千年
也曾扣上
世外桃源
也曾解开
遍地狼烟

2019. 8. 2

我们驱车 5 小时 200 公里

沿 314 国道

来到喀拉库勒湖

添衣、撑伞、拍照、看湖水

变幻的色彩

近处的波纹

远处的倒影

有小小的满足

小小的不满足

最不应该的是

我们奔慕士塔格峰而来

近在眼前了

没有跪拜

没有呼唤

甚至没有行一个

庄严的注目礼

我是不是到过喀什

我吃过馕

正宗的老城小巷的馕

小的 1 元一个

大的 3 元一个

在大巴扎

酸奶刨冰 3 元 1 杯

我喝了一杯

没有喝第二杯

我没品出馕与烧饼、锅盔

大巴扎的酸奶刨冰

与六渡桥的酸奶刨冰

味觉上的差别

最不应该的是

居然没有感到惭愧

我是不是到过喀什

一路上出身寒门

自强不息的新疆杨

我们看了又看

没有拥抱

柳树婀娜多姿

闻风起舞

不住地感恩

大地母亲的深情

我们一掠而过

没有共鸣

这些在原木门窗上攀缘依偎的

喇叭花

这些与土墙土路不离不弃

朴素又美丽的

石榴花

是他们的

不是我们的

长在他们的心里

伴他们走过童年暮年

风里雪里

不是我们的

我是不是到过喀什

2018. 8. 20

精灵们

考拉住在高高的桉树上
精灵们的家
在西域的巅峰上

考拉不怎么动
他们抬头发呆
低头做梦
精灵们白天躲太阳
夜里数星星
在无穷岁月尽头
彼此拥抱与亲吻
准备远行

嘘！风来了
嘘！神谕到了
精灵们疾如鹰隼
一跃而起
坠入泥沙俱下的世界

2018. 8. 21

燕子是燕山精灵

油松与国槐信使

王子王孙灵魂伴侣

勾引他们逃离

经书、弓箭与戒尺

在山河无恙之日

山雨欲来之时

益鸟归益鸟

燕子终究不具备

凌云之志

如此说来

可不可以进入

前三十六景呢

后三十六景呢

康熙与乾隆

思前想后

犹豫不决

蹉跎了整整一个世纪

2023. 6. 11

这是四点零八分的拉萨

想必玛布日山换了件新僧衣
纯银的
又薄又轻又软

想必龙王潭尘埃散尽
鼾声四起
又薄又轻又软

想必玛吉阿米也洗了睡了
在熟睡中
露出藏不住的欣喜忧伤
又薄又轻又软

在雅江飞天假日酒店
一位游子失眠了
哦，这是四点零八分的拉萨
这是我
缺氧
缺仓央嘉措
仍然继续活着
这是我的大拇指
食指
中指
无名指

小拇指

2020. 10. 26

第二辑

老家河南

爸爸老家上蔡

三男四女

凋零了

妈妈老家原阳

五女三男

大部分凋零了

他们是不幸的

乱世之人

他们是幸运的

活过了乱世

活到了含饴弄孙的年纪

在大风中零乱

大风中飘零

在大风中保持

沉默与倔强

努力开枝散叶

在风平浪静的日子里

讲一讲老家河南

哦！爸爸

哦！妈妈

我听见了，我记住了

老家河南

我是沉默又倔强的

好孩子

一晃

我年过花甲了

我身上的胎记

还如此清晰

2023. 8. 15

78 年了
我们没有忘记这场胜利
我没有忘记母亲
生我养我的母亲

1945 年
她 26 岁
一位抗战老兵
用药，用针，用止血绷带
用不顾一切的勇气
无微不至的爱心
胜利了
解甲归田了
然后认识了父亲
生下了姐姐
生下了我
1962 年
她 43 岁

关于这场战争
关于这场胜利
关于流血牺牲
她只字不提
只是换了个地方

打针，喂药
周医生打针不疼
乡亲们都这么说
真的吗？她从来没打过我
从来没给我打过针

2023. 9. 3

说到河南

煌煌河图洛书

从何说起好呢

你说 1942 年

我说 1985 年

多好的 1985 年

改革开放了

老家的亲人们不愁吃穿了

我考上哈工大研究生了

我陪妈妈回到念念不忘的

河南新乡原阳大宾小庄了

我见到姥姥了

我吃上馍馍喝上甜汤了

多美好的 1985 年

那一年我 23 岁

我相信还有更多的美好

在前面等候着

2023. 8. 15

面食比米饭养人

千真万确
我的表哥表弟
一个个长得比我高
比我壮

可想而知
干农活比我行
打架比我狠
可想而知
面食比米饭养人

2023. 8. 15

想起卢舍那佛

那一个雍容华贵

仪态万千

她是武则天吗

她是扑面而来的盛唐

想起少林寺

一系列若明若暗人物故事

《禅宗经典》 很震撼的

山不在高，有仙则灵

诚哉斯言

想起《清明上河图》

从前老百姓的好日子

如此这般如此简单

如此弥足珍贵

必须倍加珍惜

想起兰考

想起焦守云大姐

2014 年 7 月 1 日

她来武汉市江汉区讲党课

讲敬爱的焦裕禄书记

做事敢担当

做人讲感情

讲得真好呀

她送我一张黑白照片

我送她一袋梁子湖莲子米

2023. 8. 15

星光三点两点

罗网无际无边

梵音如风如雾如温柔的呢喃

生活在尘世忙碌

钟表在这里停转

嵩阳山在子宫深处安眠

巨兽冲出洞穴渐行渐远

恍惚的一天，走马中原

似醒非醒出发在梦的边缘

西天取经，浏览经典，偃师在前

四月如此辽阔

色彩随时变幻

洗尽暴戾的夏商

在伊洛河畔平静交谈

三千年过去了，还没了没完

三千年过去了，孤臣孽子烟消云散

只剩下谁家走失的孩子首阳山

不知疲倦，不知饥寒

席地坐在佚名的牧场或是宫殿

它听出了刀光剑影，还是听出了旷世恩怨

卯兔敛迹，辰龙在天，白马非马

白马出身高贵，饱读诗书，悟透大千

不在意落叶人群的打扰或寒暄

鼠目寸光，不值一谈

牛行庄重，非同一般

刹那间鸣锣开道

轰隆隆响在天边

国色天香梳妆打扮，花枝招展

齐刷刷恭迎圣驾屈膝请安

有些宫女太懒，重衣素面

倦卧椒房还抱怨倒春寒

真是岂有此理！高力士忍无可忍

大喝一声奴才大胆！可惜局面无法改变

夕阳西下，月出东山

秦砖无恙，汉瓦无言

九个王朝的背影隐约显现

十万神像，亿万子民

哪里去了？卢舍那华丽典雅不改容颜

永恒的微笑穿越遥远

穿越前世今生空门人间

她是西方的一尊佛吗

她是传说的一个人吗

我不知道。我知道

她不会说出内心的秘密，不会老去

她会庇护那些迷途的羔羊

她会说来吧孩子，回到我的身边

回到从前的伊甸园

2010. 4. 28

一

我背着您
蹚过村口的小水洼
我见到了姥姥
您见到了妈妈

新乡、原阳、大宾、小庄
1985 年 8 月
我第一次见到姥姥
您最后一次见到妈妈

二

我还见到了二舅、三舅
二姨、三姨、四姨、五姨
你们说说笑笑
围在姥姥身旁
你们吃馍馍，喝甜汤
围在姥姥身旁

你们七姐弟可真像
长相也像

口音也像

举止动作一模一样

好像还是那个大家庭

好像姥爷还在传教

姥姥还在操劳

好像那些离难、屈辱、挣扎

从来没有发生

三

我还见到了您的十爷

您三番五次讲过的十爷

几十年没见了

十爷老远就认出了您

喊出了您的乳名

像几十年前那样

亲切喊着您的乳名

妈妈

我没见过您小时候的相片

应该和我小时候差不多吧

四

我陪着您聊

陪着您走

陪着您看老周家的老宅、祖坟

陪着您坐着骡车转悠

我们还在骡车旁合了影

依依不舍

难舍难分

亲人们送了几里地

我们离开了小庄

我去了哈尔滨

您去了天堂

2017. 1. 28

下雨的夜晚想起妈妈

下雨的夜晚想起妈妈
想到郊外的山坡上
天一定很暗
路一定很滑
泥土地上一定很冷

没有一把破旧的伞撑着
没有一盏微弱的灯亮着
没有曾经相依为命的儿子
在您的身边守着

妈妈
那么些苦难的日子
您带我熬过来了
那么些幻灭的日子
您带我忍过来了
云开日出的那一天
您不说一声就独自走了
这一走就是十二年呀

下雨的夜晚想起妈妈
想到您从前讲过的天堂
想到白云之上有芳草地
芳草地中有伊甸园

伊甸园里住着快乐的天使

妈妈

哪一位天使是您呢

1998. 3. 15

妈
妈

我离开您后
再也没有长高
身体确实肥胖了
头发确实少了

我坐了多少回
你偶尔抬头望过的
飞机，飞到了冰岛、古巴、土耳其
在从前难得的好日子里
您和我曾经谈起

我不再胆怯了
多少回口若悬河、滔滔不绝
大多数的人
都称我领导

今年七月
我去了延安
朝拜了延河、宝塔山
还了您 19 岁的心愿
去年八月的体检
再次证明
我获得了您全部的遗传

真相已大白于天下
当初的孤单、沉寂
终于有了回报
我保持了爱
掌握了诗的秘密

我有了我的家庭
我的妻子和儿子都深知
我是多么怀念您

2017. 12. 29

一盏灯还亮着

1978 年
我 16 岁
夜里 8 点、9 点、10 点
晚自习后回家
翻梅家山
过梅家河
单薄又瘦弱的龙港卫生院
早已沉沉睡去
只有最北头的那间房
一盏灯还亮着

一盏灯还亮着
一盏煤油灯还亮着
一盏衣衫褴褛、营养不良的煤油灯
陪着我年过半百的父母亲
下军棋
纳鞋底
看借来的《参考消息》
更多的时候
一动也不动
默默无语

这对来自河南的老夫妻
劫后余生

腰也佝偻了

泪也流完了

儿女也如所愿

默默出息着

夜深了

一盏灯还亮着

他们一动也不动

默默无语

2018. 2. 21

偶尔

偶尔看见花开

我说的是山里的兰花、杜鹃花、木槿花

而不是地里的南瓜花、黄瓜花、油菜花

偶尔看见雁阵掠过大山深处的家园

飞向深秋的更深处

偶尔见到外乡人

偶尔听到好消息

偶尔看见父母亲笑了

想必父母亲偶尔听到了好消息

我想问，但不敢问

我怕一问

就把好消息问没了

就把父母亲的笑容问没了

2015. 4. 21

风和日丽时
妈妈会说说小庄
黄河、盐碱地
白杨、土坯房
姥姥身体不好
养活了三男五女
姥爷一心传教
豫北平原都听说过周疯子

风声紧了
小庄就消失了
就像三舅五姨
在黄河岸边抢种的玉米花生
洪水一来就消失了

2015. 12. 29

庐山记忆

1985 年夏天

牯岭镇飘着细雨

爸爸、妈妈和我

披着一块钱一件的雨衣

嗑着五毛钱一包的瓜子

我们慢慢地走

低低地谈

我们一点也不着急

我们一点也不着急呀

我们一点也不知道

妈妈还会活四个月

爸爸还会活十九年

三十年后我还活着

还会安坐在富丽堂皇大礼堂

高谈阔论宏图大略

还会想起这一幕

还想哭

却怎么也哭不出来

2015. 12. 29

满目青翠
温柔地起伏
弯路没有尽头
你走啊走啊
走不出山的静穆

感觉逸去
清泪凝珠
许多记忆、感慨、梦想
一齐浮现脑中
如黄昏时归巢的
倦鸟

你有所顿悟
仙乐已从天堂
汩汩流来
托起你
如翩翩蝴蝶
飘出山的羁绊

漆黑的门悄然而开
有许多深爱过你的人
在等着你

1990.9.3

猴年马月

一只锦鸡踱进我家院里
它有漂亮的羽毛
十足的好奇心
它仪态从容
主动与我年轻的父母
打了个友善招呼

它也没有忽略
篱笆上的木槿花
屋檐下的燕子
一一点头示意

当时是太平盛世
光阴是清澈的
走走停停
那只漂亮锦鸡
也许是它的使者
也许是它的化身

当时我还小
当时我还是个小宝宝
更有可能的是
我还不是个小宝宝

2021. 8. 19

一

给我迎风流泪

给我午夜梦回

让我回到从前

给我无边的空虚与寂寞

给我一张纸、一支笔

让我回到从前

给我幕阜山下、朝阳河边的一隅

给我家徒四壁、坐井观井的日子

让我回到从前

二

我认清父母亲时

他们都年过半百了

我不抬头

也知道是谁回家了

我不睁眼

也知道他们还在忙碌

我也年过花甲了
我的儿子企鹅
比他们的儿子强强
瘦一点
也犟一点

三

无数次登上小红山
看纪念碑、烈士墓
看的次数多了
内心还有波澜

采摘过枇杷与菡
竹笋与脚鸡禾
这红土地的馈赠
这下自成蹊的恩情

挖起过一个象形树根
藏在阁楼上
萌发了隐约的诗情
在 21 世纪开花

四

到梅家河划狗刨、寻桑叶、捉螃蟹
螃蟹被捉住了
吐着泡泡
骂骂咧咧

回想起来
祸从天降
蟹不聊生
抗议是有道理的

官庄的陈早香卷起裤腿
涉水过河
她的小腿真白呀
懵懂少年愣住了

五

养了两只九斤黄
一只喜欢乱跑
命名为巡逻鸡
是姐姐

一只好吃懒动
命名为大胖胖鸡
是弟弟

姐姐喜欢乱跑
跑到上海
弟弟好吃懒动
留在武汉

父母亲早就不在了
姐姐属鸡
早就儿孙绕膝了

2022. 7. 31

第三辑

看见龙港

你有你的白内障

我有我的

你有你的中耳炎

我有我的

你有你的开心事伤心史

我有我的

你看见的龙港

我看见的龙港

是同一个龙港

不是同一个龙港

出太阳的龙港

雨淋淋的龙港

流血的龙港

流汗流泪的龙港

吃红薯咽白萝卜的龙港

营养过剩的龙港

说起孟嘉王质

一脸茫然的龙港

说起五万尖

南辕北辙的龙港

我们从哪里来的

我们往哪里去

暮色四合

吃着喝着

有没有谁

渐渐失去了兴趣

山高水长

田野无恙

港口呢？帆船呢

龙在乡言俚语里翱翔

天色一点点暗下来

我说，在天黑前

点起一束火把

照亮亲爱的家乡

好吗？好呀

你说，你们一起说

好呀！好呀

点起一束火把

照亮亲爱的龙港

2023. 3. 1

幕阜山、朝阳河，七十年代

木板屋、青石路，千米老街

山间有杜鹃，五月天，漫山红遍

河里水清澈，杨柳岸，少年垂竿

老街上有洋货，有土产，有吆喝，有炊烟

在呼儿唤母声中升起，断断续续，经久
　　不散

有沃野良田，日出而作，日落而息

一成不变，这一说又何止千年

有红薯南瓜，又离不开，又不值钱

有白云蓝天，空荡的舞台，单调的演出

无休无止，要耐心地等呀等呀，才能
　　等来

震耳欲聋的闪电，观光旅行的鸿雁

有香草美人，香草就是兰花、梅花、栀
　　子花什么的了

邻居们没什么文化，不会用氤氲这个词
　　来形容

只会说好闻好闻，或者说好香好香

至如说美人，就不大好说了

怎么说呢？老家伙心中有老了的美人

小家伙心中有正在长大的美人

如果有一个人被一街人经常挂在嘴上

那一定美得不得了

也一定被泼上名声不好的脏水
你想问，谁是诗人小时候心中的美人吗
我也不会说，我也忘不了

2014. 8. 8

老街有多老呢
青石板照得出人影
青苔滑得像冰
青砖上刻着花纹
大的是鸟兽
小的是虫鱼
也不知道是清朝的
还是明朝的

工匠们辛苦一生
留下了文明
没留下姓名

青石板躺着
杉木板站着
老街方方正正
保佑一方生活
青石板穿青衣
杉木板穿红衣
从暗红穿到浅红
直到斑斑驳驳
像雨水冲刷的沟壑

2022. 2. 28

低飞与远航

纸飞机飞了又飞

飞不出打谷场

吻不到高处的雨燕

低处的蜻蜓

往往十之八九

会撞醒蝴蝶的清梦

高高低低的晒架上

一个菜粉蝶正梦见庄周

一个凤尾蝶正梦见李商隐

纸船顺风顺水

一去不再回头

风平浪静的日子里

会挣脱小伙伴们的视线

顺流而下几十米、几百米

说不定几千米

会依次告别官庄、下陈

星潭、富水

如果运气足够好

会经网湖会见长江

纸船上的蚕爸爸、蚕妈妈

会有一个宏大的葬礼

2022. 3. 2

莲花湖
没看见莲花
金竹尖
没看见金竹
陶渊明来过富水吗
浩瀚长江
无数源头之一
他亲爱的外祖父
生长与安息之地

也许他来过的
流连忘返
流过泪，流过汗
留下优雅淡泊诗篇

命运呀光阴呀
不管不顾的雷霆风暴呀

我姐姐来过的
和一大群知青在一起
开荒，播种
灌溉，施肥
收获桃子、橘子
渺茫又朦胧的思绪

命运呀光阴呀

不管不顾的雷霆风暴呀

逆流而上

登高望远

云雾与炊烟

龙港与洋港

童年与少年

一览无余

在 677 米高度

我的黄昏

你的黄昏

她的上午

2023. 5. 14

紫云英不在了

耘田范还在

安乐薯不在了

红花鳍还在

青春痘不在了

青春之歌还在

你看一个个老青年

你方唱罢我登场

一声又一声高低音

一串又一串荷尔蒙

还在

那山那水

还在

黄的桥

还在

黑的门楼

还在

钓完鱼

种好菜

说起薯粉蛋

一个个兴高采烈的

说东道西的

好像好多年前

不是好多年前

好像好多年前

就在眼前

2023. 2. 16

想起光明

小学同学中
叫光明的不少
陈光明肖光明
当地三大姓老百姓
熬过三年困难时期
——见到了光明

当年乡下是黑白的
光明是弥足珍贵的
电灯电话，楼上楼下
有人说是神话
有人说是笑话
一家一盏煤油灯
差不多吧
也不一定
微弱的光明
挣扎着履职
死去活来故事
是经常发生的

黑黝黝的夜
覆盖了少年
伸手不见五指
不是写意呀！朋友

不幸中的万幸

还有月亮星光萤火虫

微弱的、飘忽不定的照耀

还有陈光明肖光明

相伴在一起

走夜路，干农活，做作业

说说神话

说说笑话

说说未来的好日子

2023. 8. 27

老谷烧是如何烧的
操心的不多
如何喝呢
操心的不少

丰衣足食了
在龙港
操心比例大约 67％

你说三分之二
算上老弱病残
差不多
不算肯定不止

如何烧的
成传茂说用高粱
孙细梅说用稻米
陈歌说用粮食
陈歌你好
你巍然屹立
于不败之地

如何喝呢
想清楚再喝

得罪一桌子人

不想清楚就喝

得罪自己

2023. 8. 19

见牛，不见马
偶尔见马家亲戚
落单的黑蚂蚁
结队的黄蚂蚁
胆大的蚂蟥过马路
费了很大力气
换块水田碰碰运气

杨树领着柳树
石子领着沙子
来此插队落户
也不清楚
是一阵子
还是一辈子

赤脚医生
赤脚学生
赤脚大仙
随处可见
赤脚的不怕穿鞋的
怕什么呢
怕只怕脚板上的老茧
不够厚呢

2022. 3. 20

鸡犬不宁

黎明时分

鸡叫狗子不叫

狗子十有八九

在睡懒觉

梦见了一大块骨头

在流涎呢

陌生人走近了

也不一定是贼

狗叫起来了

恶狠狠地

夹杂警告与威胁

鸡呢？鸡不帮腔

母鸡在野地觅食

公鸡在打母鸡主意

2022. 3. 2

九节兰居住在九重深山

凤凰不鸣

杜鹃不开

山泉水絮叨婴儿语言

山尖尖凿破太阳

流一地蛋黄

凿破月亮

流一地蛋白

一年一度

大雁来自江西

见过江东父老

随即匆匆离去

留下晃动与遐思

猜不透的流言蜚语

2022. 3. 9

哦，彩虹

小时候
小山村
小丘陵
小河沟
小块小块的农田
小家小户的日子
小朵小朵的花
低眉顺眼开了又谢

微风细雨后
小小的彩虹
随随便便地挂在
树梢、桥头、路口
更多的时候挂在
生产队的打谷场上

2016. 5. 22

清
脆

同学们，听好了
下面造句
用清脆描述乡村

早春时节
一粒粒清脆鸟鸣
敲醒了沉睡的乡村

嗯，不错
你家没养鸡养狗吗

昨晚我太饿了
偷偷打开奶奶的铁皮罐子
咬下一小块冰糖
清脆的声音
吓了我一跳

可怜的孩子
好大胆，好勇敢

冬天来了
家家户户屋檐下
挂满了冰凌
我伸手摘下来

使劲咬一口
又清又脆

好胃口！不讲卫生
小心拉肚子

2022. 7. 20

钓鱼

没钓起红鲤鱼

捉蜻蜓

没捉过红蜻蜓

采兰花

没采到九节兰

骑牛

没敢骑大牯牛

骑母牛

还是别人扶上去的

跟陈早香同桌

偷看过无数回背影

不敢揪她的辫子

不敢偷看她的笔记本

不敢在她的铅笔盒放青蛙

2022. 7. 16

春天翻过了几个山头

官庄的茶花开了
圾上的茶花还在羞答答
但丘的犁铧开始小合唱
门楼的犁铧还没有出门

惊蛰不安
春分露脸
春天翻过了几个山头

山往西走，水向东流
大地换上了暖色皮肤
炊烟脱下冬装
小鸡小鸭乱写乱画
春天翻过了几个山头

春天翻过了几个山头
春天哪，这个庞然大物
这个温情的、透明的、轻盈的
庞然大物
刚刚吹着口哨
蹚过春心荡漾的梅家河

2018.4.27

远一点，再远一点

落日余晖灿烂

蝙蝠与燕子混为一谈

村东头，村西头

鸡鸣与狗吠

可以与不可以

混为一谈

钟声响了

清楚又嘹亮

山那边的寺院

水这边的校园

混为一谈

炊烟袅袅

义无反顾

奔赴朝圣路上

几春秋，几千年

像爱，复杂又简单

像读书，越读越薄

直到最后一页

被一阵风轻轻带过

2022. 2. 22

黄昏灿烂

下雨了

下雨了
门关上了
窗子关上了
蚊帐也关上了

蚊子吃了个闭门羹
生气掉头走了

世界安静了
大山外的运动
大山内的活动
按下暂停键了

牛得到了草
鸡和鸭得到了谷粒
一个孩子最幸福
同时得到了
父亲和母亲

2021. 2. 28

惩罚不作为乱作为

农民比皇帝

更有想象力

不消说得了

去！跪搓衣板

乖乖！刑具现成

方法简单

刑期可长可短

重罪行更重表现

可以面壁

壁上有可疑痕迹

可以面门面窗

东张西望

可以闭眼

眼不见心不烦

可以睁一只眼闭一只眼

可以学一学猫头鹰

可以学一学猫头鹰

一声不吭

飞不见了

不见了就不见了

等会回家见面

老的少的

睁一只眼闭一只眼

2022. 3. 13

一

山溪里的鱼
与大江大湖大武汉的鱼
是不一样的

山溪里的鱼
小一点
瘦一点
干净一点

它们的祖先
见过我小小的、瘦瘦的
干干净净的
裸体

它们祖先的祖先
见过我父母亲
小小的、瘦瘦的
干干净净的
裸体

二

山野里的莓
与城郊大棚里的草莓
是不一样的

山野里的莓
小一点
瘦一点
干净一点

这些带刺的野孩子
脸红红的
趴在地上
亲吻露珠
脸红红的
攀在枝头
仰望星辰

五月的暖风呀
绿色的波涛呀
满山遍野的小火苗呀
小小少年的心跳呀

三

山村里的燕子
与大都市的鸽子
是不一样的

山村里的燕子
小一点
瘦一点
干净一点

这些穷人家的孩子
从小热爱劳动
从小就会觅食、筑巢
自由恋爱
不啃老
也不食嗟来之食

七月流火
梧桐叶落
闲不住的孩子
纷纷出远门了

它们还会回来的吗

它们还会回来的呀

一年又一年

一辈又一辈

无休无止的惦记、询问、等待

在大山深处演绎了数千年

2017. 6. 19

从 106 国道转入大广高速

黑白与彩色纠缠不清

车过黄桥

视网膜泛黄

行人与车辆

小红山与梅家河

越来越不真实

街上静悄悄

方砖置换了青石板

红油漆刷新了门面

苦难与辉煌

在墙上张望

斗笠与蓑衣

吆喝与生意

出没于幽冥深处

大礼堂曲终人散

爱与恨、荣与辱

三缄其口

歪脖子树坚守故园

还有一口气在

还在等待春天

山河岁月

日晒雨淋

哥哥这个外乡人

萎缩了，慈祥了

早已儿孙成群

依然中原口音

一个两个三个

四个五个六个

闻讯赶来了老同学

凋零的少

存活的多

一端起梦之蓝

一个个生龙活虎的

在摇摇欲坠的秋分时节

令人心醉又欣慰

去了趟卫生院

访问了自己的童年、少年

卫生院改文化馆了

爸爸妈妈去天堂了

太太说：细细一闻

还有熟地、当归、川芎的气味

2021. 9. 23

第四辑

武汉来了

一

上帝之鞭呼呼作响

无数生灵夺路狂奔

看哪！好一处两江汇流之地

白茫茫无边无际

他说

她说

他们说

此地甚好

就此歇歇脚吧

离唐古拉山 3000 公里

离大东海 3000 公里

左眼洞庭，右眼鄱阳

他说

她说

他们说

此地甚好

就此歇歇脚吧

武汉来了

二

大泽蛮荒
袅袅炊烟
过日子的人

离乡背井
点点孤帆
闯生活的人

一鸣惊人
一飞冲天
不服周的人

九省通衢
四海一家
一方水土养一方人

武汉来了

三

洪水退后

沃野来了

大树倒后
大楼来了

南征过后
北伐来了

硝烟散后
鸽子来了

赞歌唱后
民谣来了

前一页翻过
后一页来了

武汉来了

四

从格拉丹东到吴淞口
6280 公里

从武汉到大武汉
有多少公里
从大武汉到伟大武汉
又有多少公里

从传说到蓝图
有多少公里
从蓝图到现实
又有多少公里

武汉来了

五

问问他
问问她
问问他们吧

那些撸起袖子的人
那些卷起裤子的人
那些埋头苦干的人
那些风雨兼程的人

我在他们之中

我每一次抬头
都看见了彩虹

武汉来了

2017. 4. 14

在水一方

黄花涝
不见黄花
黄花移民天门
白沙洲
不见白沙
白沙落户阳新

斗转星移
沧桑大地
鹦鹉洲头的鹦鹉
黄鹤楼上的黄鹤
去了哪里
祢衡与崔颢匆匆来去
来不及揭穿谜底

龙王庙
不见龙王
见一缓坡、一矮楼
三五梅花桂花
轮回开了谢了
白鸽子、灰喜鹊
结伴来来去去

2020. 7. 15

长青不是常青

中间隔条张公堤

李家集不是李集

中间隔着滠水和倒水

珞珈山不在珞珈山街

街上没有老斋舍

沙河看不见沙湖

盈盈一水间

脉脉不得语

凤凰山、凤凰巷、凤凰镇

风马牛不相及

疑似等边三角形

金口与金水

倒是一母所生俩兄弟

哥俩一争吵

江夏不好了

2020. 7. 23

窗外的大武汉

龟山上有龟

蛇山上有蛇

鹦鹉洲头有鹦鹉

黄鹤楼上有黄鹤

好多好多年前有的

好多好多年后还会有的

梅岭有梅花

桂园有桂花

菱角湖的菱角

随手一抓一大把

狮子山有没有狮子

你怀疑，你好奇

不妨坐上 22 路公交车

实地一探究竟

立秋闪过

立冬来了

小雪闪过

大雪来了

一百万只金凤凰

来到大武汉了

最大最美的一只

栖息在凤凰山凤凰巷

2023. 12. 12

冬季到武汉来看雪

冬季到武汉来看雪

来看松花江

来看太阳岛

来看中央大街

来看小土豆

自产自销的小土豆

你们吃得饱饱的

穿得暖暖的

有欣喜，没有忧愁

你们是幸福的小土豆

冬季到武汉来看雪

看狮子座流星雨

看《流浪地球》

看泛黄的记忆

新鲜的伤口

看蹒跚而行的那个人

孤独的背影

多像从前哪

从前的从前

走着走着

走失的亲人

2024.2.6

流水从高山逶迤而来

从汉阴来到汉阳

江汉朝宗

携手在此

一路风餐露宿

据说走了七天七夜

落花、漂木、货物、书生

从高山逶迤而来

南腔与北调冲撞

一次次冲毁了龙王庙

在冲撞中

一头牯牛走失

深陷于北岸的淤泥

让汉口的暴发户

捡了个大便宜

一只黄鹤受惊

冲天而起

留下数根绒毛

擦亮崔颢与岳飞的诗句

自晋至楚

从古到今

琴声从缥缈处逶迤而来

月湖春心荡漾

一朵并蒂莲庄严盛开

神龟逗留在江边

抬头望天

低头冥想

它眨眨右眼

长江水涨了三尺

眨眨左眼

汉江水落了一丈

2018. 8. 14

旗袍与西服

挑逗与矜持

蓝的光

倒走的钟表

穿越不停

越过民国

停在《聊斋》

在动

在笑

在柔弱地活

稀薄地活

哦，多像我的父母

他们也曾背井离乡

把青春寄存在民国

蓝的光

倒走的钟表

他们努力在动

在笑

努力增加一点热气

努力挣脱画皮

木墙、木门、玻璃窗

隔开时光、饥荒与刀枪

蓝的光

倒走的钟表

我年过半百

迟迟不能入戏

也许我从来如此

古板又迟疑

也许我没有真正年轻过

2018. 8. 28

你谈天文

谈到神秘的大佛

我谈地理

谈到落实之难

当时天色尚早

我们谈兴正浓

不时哈哈一笑

当时光阴未老

你丰腴的妹妹

危坐，浅笑

尚未踏上逃亡之路

尚未经历煎熬

2019. 10. 9

车过前进五路

一段传奇
耸在路口
仰望的人
渐渐少了

一篇未定稿
摊手摊脚
没完没了的日光浴
乐得自在逍遥

现实民生福利
各种烧与烤
人肉情未了
老板，再来 10 串
多放点辣椒

说好的水塔公园呢
大导演与大主角
一拍两散
一位在彩云之南
一位在清源之湾

2019. 10. 15

黑咕隆咚青云里
确实不能住了
这个拆迁
孙先生是支持的

有两位孙先生
哪一位呢
高高在上的
走街串巷的

还有更年轻的
小杨导演
小曾摄影师
魏姓老板
心有戚戚焉
一口气收容了
30 万流浪芯片

他们都是有故事的人哪
他们看别人风景
别人讲他们故事
讲着讲着
唏嘘不已

2023. 6. 2

喻家山长高了

有多高呢

官媒说

中心城区最高

不说具体数字

也许怕武大、地大、华师大

还有华农大攀比

也许不是

数字是现象是衣裳

本质呢

无非雄心壮志、自强不息

譬如说

柱长天以大木

开莽原以上庠

譬如说

从东一到东九

从西一到西十二

譬如说

顶天立地，追求卓越

中国特色，世界一流

70 年，70 万

昔日荒郊野岭

如今浩瀚森林

十年树木，百年树人

栽树的人呢

那个人、那群人

那几代人呢

他们还在栽树呀

用锄头，用笔

用言传身教

用往事依依

他们没有离去

以前还有以前

以后还有以后

老一辈询问

站在喻家山

能看见什么呢

王一苇、杨吉凯在台上说

会场内外

不少同学们也说

能看见东山、泰山

我们在努力

争取早一点

看见喜马拉雅山

2022. 10. 6

礼拜溅水

从河口出发
谁家的少年
执意南下溅口
九十公里
风餐露宿
也许走了一天
也许走了一夜

走吧
路途并不孤单
梅店的野小子
赶来汇合
院基寺、夏家寺的小沙弥
偷跑过来更多
还有打西边来的
赤条条的
不用问
肯定来自沙河

过坝，过闸，过双凤亭
过不甘心与不容易
过女英雄与老水手的传说
在陡马河边
谁把栏杆拍了三遍

惊动了晓风残月

灰白鸥鹭

黄绿波澜

2020. 7. 3

话说新洲

倒水、举水
大别山的两行泪
清澈、苦涩
湿润了母亲的
脸庞与衣裳

多好！忘不了
有塘，有湖
有店，有街
有集，有埠
有阡陌纵横
有风云传说
有问有答
似乎答非所问
农人与夫子擦肩而过
各有各的活法
各有各的命

有凤凰
家住仙人洞旁
朋友呀
你来新洲
可曾耳闻

可曾目睹

2020. 7. 9

在马影河畔

芒种过了

梅子熟了

梅子熟透了

梅雨没有消息

在马影河畔

深紫色梅子落了一地

浅紫色梅子摇摇欲坠

梅雨仍然没有消息

梅雨去了哪里

梅雨去了别处

别处可能有梅子

也可能没有梅子

2020. 6. 23

剧终之前
灯光师打个哈欠
把聚光灯打到看台角落
打到坤厚里

一瞬间
强烈的光柱
照亮了雕花与花钵
古藤与藤椅
老花镜与万花筒
都镀上了金色
都被万千精灵簇拥
膜拜
暮色中
这一朵昙花庄严盛开

暮色中的坤厚里
远行游子如期归来
唯独声音例外
唯独声音
一走再没有回来

2016. 11. 1

大路朝天

养好孩子之前

先养好母亲

让黄皮寡瘦的土地

吃好，喝好

恢复灵性

村支书，你是好样的

有远见

又有耐心

越过江西、安徽、江苏

从舟山群岛

舀来东海海水

养正宗的基围虾

村支书，你是好样的

有远见

又有耐心

低洼种荷花

平坡种葡萄

向阳的高地上

种下希望

房前屋后不可荒芜

能长什么就长什么吧

村支书，你一声不吭

又在琢磨什么呢

大路朝天
不一样的风景
在江夏区
法泗街
大路村

2020. 6. 20

长江十年禁渔遐思

梭罗、爱默生眼里的春天

蕾切尔·卡逊眼里的春天

天哪！天壤之别

屈原、范仲淹看见的长江

曹文宣看见的长江

锦鳞凋零，江河日下

知我者，谓我心忧

不知我者，谓我何求

春天无鸟，病了！病得不轻

长江无鱼，病了！病得不轻

自私与贪欲，滥用与滥捕

是万恶之源，罪魁祸首

母亲病了，病因已经查明

处方已经开出

一个字：禁

肺病了，禁烟

肝病了，禁酒

富贵病，禁穷奢极欲

春天病了，禁 DDT

禁一切不计后果的除虫剂

长江病了，退捕禁捕

禁靠山胡乱吃山

靠水胡乱吃水

禁电毒炸、绝户网

一禁十年，十年后再看

千斤腊子万斤象

江河湖海皆茫茫

不让长江女神悲剧重演

预防长江微笑

变成长江哀悼

厚待青、草、鲢、鳙

四大名门望族

不赶尽杀绝

饶它三代同堂、四代同堂

一禁十年，说干就干

收缴渔证、渔船、渔具

用结束催生开始

送渔民定心丸

量身定制职业前程

金口、汉口、溉口，波澜不惊

口口相传，一致欢迎

一禁十年，织法网、天网、人网

疏而不漏，一网打尽

妄为与侥幸

一禁十年，十年后再看

鹰击长空，鱼翔浅底

万类霜天竞自由

这绿水青山

这美丽长江

会踏浪归来

在不经意之间

2021. 11. 17

走着，跑着

跳着，飞着

秋风光临了江城

又熟悉，又陌生

秋风闲不住的

一大早出门

第一个吻

送给了踏浪归来的江豚

掠过长江，掠过汉江

掠过木兰山、梁子湖

有时一掠而去

有时翩翩起舞

它在光谷迷路了

在昙华林迷路了

在江滩，它乐而忘返

一手牵起芦荻

一手牵起银杏

荡起秋千

它衣袂飘飘，神采奕奕

一路播撒迟桂花的芳香

秋风不扫落叶

它们是老相识、老朋友

在和煦的阳光下

它们肩并肩走

有说不完的知心话

傍晚时分

秋风余兴未了

登上了知音号

看，一轮明月

两岸灯火

英雄的传说

闪闪烁烁

看，和和美美

这个人

那个人

一群人

一城人

2021. 11. 19

真好

该走的走了

该来的来了

赤橙黄绿青蓝紫

各有各的欢喜

真好

老斋舍迎来了新主人

一本新书翻开了第一页

一首新诗写下了第一句

真好

凌波门云淡风轻

门内的大学

有安静的书桌

门外的武汉

已凤凰涅槃

2021. 10. 10

山雀子噪醒的武汉

小的是麻雀

大的是喜鹊

更大的大武汉

于无声处欢呼雀跃

梁山泊好汉一百零八

大武汉好鸟三百八十

大江大湖，好山好水

去年净增 20 个种类

你不信？没关系

可电话咨询武汉观鸟协会

武汉水域面积

占市域 26％

武汉鸟类品种

占全国 26％

惊人地一致

有没有因果关系

开放的武汉欢迎你

小黑背银鸥来自西伯利亚

豆雁来自赫尔辛基

白琵鹭呢？或者中亚

或者澳大利亚

画眉
乌头鹊
黄腰柳莺
红嘴相思鸟
好鸟越来越多
留在武汉不走了

还有小鹛鹛、凤头鹛鹛
你用武汉话读一读
蛮有意思的呢

2023. 4. 17

慢一点，再慢一点

等风来

等风牵来小朵大朵云彩

等花开

等小花成为小妈妈

大花成为大妈妈

等青石板等到青苔

等狗尾巴草等到大花狗

等鸡冠花等到芦花鸡

等编花环捡鸡蛋的小朋友

你和我

从云稼慢乡走过来

慢一点，再慢一点

等雨点落下来

等雪花飘过来

等歌声笑声谈话声

停下来

天就要暗了

就要黑了

你和我

暌违多年的老朋友

天上的繁星

地上的萤火虫

就会出来见面了

慢一点，再慢一点

2023. 10. 20

在花乡茶谷

花是梅花

茶是青茶

耳边风雅颂

脚下平平仄仄

眼前尽是有情人哪

一扇窗子擦亮了几扇窗子

一扇门敞开了几扇门

在花乡茶谷

在早春二月

花花叶叶是最好诗句

幸福的诗人哪

不幸的诗人哪

你能说出的

究竟有没有

如此良辰美景

一百万分之一

2024. 2. 17

从云水湖来

到红岗山去

在星空下沐浴

在霞光里更衣

红艳艳的

笑吟吟的

顾盼自如

翩翩起舞

美呀！真美

喜出望外的你

惊慌失措的你

瞠目结舌的你

不这么说

还能怎么说呢

是爱的红晕

是下凡的霓虹

是风雅颂

彩色的梦

是王昭君

山溪浣纱的样子

是杨玉环

养在深闺的样子

是花乡茶谷

款款走来又走去

回眸一笑百媚生的样子

2024. 3. 15

我还活着吗

我不能肯定

也许我还能睁眼、喘气、活动、写诗

也许诗还像维生素或奢侈品

受人欢迎

武汉还活着吗

我当然相信

他头发会更浓密

皮肤会更光滑

骨骼会更坚韧

他更年轻

他更自信

他的一个举动一个表情

会在世界引起足够大的回声

长江依然澎湃东流入海

有锦鳞闪闪

有白帆点点

黄鹤归来

白鳍豚归来

它们的欢乐与笑容穿越时空

让不同肤色的人们流连忘返

祖国的立交桥更长、更宽、更快

它风雨无阻

它无须等待

它披着缀满鲜花的绶带

光谷之光永不熄灭

它从容诉说光阴的故事

关于敢为人先

关于追求卓越

关于梦想如何破土成笋化蛹为蝶

一个比一个精彩

来来往往，南腔北调

忙碌的人、怀旧的人、好奇的人

在江汉路、在归元寺、在昙华林不经意相遇

不经意相视一笑

他们在找

并能找到属于自己的美好

孩子们在梁子湖与萤火虫一起跳跃、奔跑

老人们在木兰山踏雪寻梅、极目远眺

在 10 月，这个武汉最美的季节

一场全球盛典在天兴洲举办

一定会有这样一天

那会是一场什么样的全球盛典呢

哦，朋友

请原谅

我不太清楚

真不是故意隐瞒

武汉 2049

真的有点遥远

2013. 11. 30

一点点爱上这座城市

我在少年时走进这座城市
我在远游后回到这座城市
我把父母亲安葬在这座城市
我把青春期安葬在这座城市
这么多年
我彷徨、苦闷、梦想、耕耘
一天天老去
在这悠久大气、地灵人杰
略显粗糙的滨江之城

我曾在雨天伫立喻家山顶
冥想往事、未来以及爱情
我曾在傍晚散步东湖岸边
带着一天天茁壮的儿子
一天天淡漠的雄心　以后
从一个院子到一个院子
从江南到江北
有一种感悟无法诉说
有一种开始不容稍停

一点点爱上这座城市
当纸鸢高高飘在越来越蓝的天上
当风车稳稳转在越来越高的楼前
当上下二桥极目江天的辽阔

当走遍三镇聆听百姓的欢欣

当一种沉甸甸的责任

教我懂得并珍惜

坚定、执着、可贵的默默无闻

关于这座城市我知道多少

为了这座城市我做了多少

爱她的人

穷其一生

也没有止境

2004. 7. 26

第五辑

本世纪最后一个夏天

早就立秋了

还不肯走

像新婚小别情侣偎在村口

像孔雀东南飞五里一回头

杨丹还是一袭白衣白裙

北方的冷湿气流和南方的副热带高压

还在中原上空追逐

这个娇蛮撩人的夏天呀

把秋天挤到床边上了

把冬天堵在家门口了

面对一梦醒来猝然相遇的二十一世纪

我该说些什么好呢

本世纪最后一个夏天

多么漫长

像我家乡蜿蜒的青石小巷

像我大学登高望远的目光

像整个六十年代　七十年代

　　　　八十年代　九十年代

像生活刚刚开始

满怀不安和期待

田里的谷子都黄透了

湖畔的柳叶还鲜绿着
天上的雁阵都飘散了
街边的爱情还演绎着
诺查丹玛斯的预言破产了
诗人和商贩还好好地活着

1999. 9. 14

春天来了

一

招潮蟹来了
在浅滩
紫云英来了
在田间
希望、怀念和温暖来了
透过踮起脚尖的窗帘

年迈的、年少的窗帘
听着天籁
跳起舞
踮着脚尖

春天来了
踮着脚尖

二

退之先生醒了
看哪
天街酥雨
草色依稀

介甫先生醒了
看哪
春绿江南
钟山不远

东坡先生醒了
看哪
竹外桃花
三枝两枝

昨夜雨疏风骤
易安居士醉了
温柔的春风呀
耐心等等吧
等到绿肥红瘦
惊起一滩鸥鹭

三

在春天
一个顾城复活了
十个海子复活了
一万个诗人复活了

在一亿人的吟诵声中
一万个诗人复活了

德里克·沃尔科特先生
也复活了
他在绿色的夜里
重返熟悉的人世间
捧着圣卢西亚的海葡萄

2017. 3. 28

好呀！春天无恙

兔年一场暴雪

龙年暴雪一场

苦了香樟

苦了冬青

苦了玉兰

牺牲了多少绿林好汉

有人说百分之一

有人说恐怕不止

好在蜡梅无恙

好在红梅无恙

好在樱花大道早樱无恙

好呀！春天无恙

漫天飞雪过去

春天的红晕

一点点浮现

在樱园梅园桂园

在珞珈山

在黄鹤楼

在鹦鹉洲

真漂亮呀，这个春天

这个值得期待的春天

2024.3.2

有多少水

不到 100℃就沸腾了

有多少蓓蕾

没有想清楚就绽放了

惊蛰无所事事

清明一头迷雾

杜鹃放逐杜鹃

有多少春天

比春天更远

有多少心愿未了

有多少心愿

始终没成为心愿

谁在月光下下网

捞起白花花鳞片

在春天

多少人心事重重

行色匆匆

多少人始终

不肯谈论春天

2019. 3. 16

雨水来了

雨水落在山坡上
吻在梅姑娘脸颊上
换来一声娇嗔
讨厌

雨水落在农田里
跌进油菜花怀里
黄花点点头
没说什么

雨水迎面撞上破斗笠、旧蓑衣
泪流满面
唉！物是人非
这个人已不是那个人

雨水斜飘进《唐诗三百首》
惊醒了杜工部
哟！宝贝来了
你这个蹑手蹑脚的小家伙

2021. 2. 16

梅花开过
樱花开了
长江边的垂丝海棠
消泗乡的油菜花
花花世界了
春天端坐在牛背上
看看，闻闻
走出三站路了
春分了

春分了
虫子醒了
种子正在揉眼睛呢
农民们过完了年
放下了筷子
懒洋洋地拿起了
比筷子大一些的物件

春分了
雨淅淅沥沥
像从前的爱情
大部分落在乡里
小部分落在城里
零零星星的几滴

滴落在诗人们的手心里

2021. 3. 15

大幕徐徐拉开

亲爱的四月来到人间

给活着的人带来希望、怀念和温暖

动物狂欢

植物狂欢

微生物狂欢

引力波狂欢

哦，爱因斯坦说过

引力波的狂欢是不分季节的

在四月

活着的人眺望，远足，敏感

为新鲜的翅膀和花朵浮想联翩

有多少人在四月试着写诗

写着写着俨然成为诗人

有多少人在四月想起诗

想起带来希望、怀念和温暖的诗人

2016.4.9

五月的风呀

用一万根吸管提取精髓
用一万份精髓酿造甜蜜
用一万种甜蜜升华芬芳
用一万缕芬芳柔软时光
多么神奇　　五月的风呀

把一万声鸟鸣织进窗帘
把一万朵花絮播撒四方
一万棵梧桐一片片染绿街道
一万亩麦子一寸寸浸黄村庄
多么辽阔　　五月的风呀

吹动船帆也吹动少女的裙裾
唤醒记忆也唤醒最初的梦想
歌声由远及近谁在会心一笑
步履纵横交错谁在歧路彷徨
多么亲切　　五月的风呀

2005.5.9

清明离不开谷雨

谷雨找不到清明

进入五月

形势变得明朗

尚仲敏掐指一算

在五月

宜开窗见月

开门见山

宜开心不宜伤心

宜开始不宜终止

简单的计算与幸福

不宜自囚于密室

芬芳是野的细的

连绵不绝的

像山风、山泉

马驿山上的女贞花

景色是赤的橙的黄的绿的

在花博汇

主角换成紫色的

愣头愣脑的大花葱

欢呼雀跃的马鞭草

都是紫色的

人间是你的、我的

扎根在语言中的

活着，走着，说着

琐细的事情

琐细的烦恼与欢乐

多么好

在平平安安人间

在一头撞上的

不疼也不痒的

明朗的五月

2022. 5. 3

姐姐出嫁了

妹妹长大了

羞答答的绿衣裳

遮不住秘密了

荷花开过

棉花开了

栀子花开过

木槿花开了

催促声

一声又一声

隐隐约约的光与亮

钻进妹妹的闺房了

2021. 7. 3

大暑日邂逅韭莲

如何用寥寥数语
说出一朵韭莲的摇曳
说出久违的心动

不是沉鱼落雁闭月羞花
不是耳闻
是目睹
不是蒙娜丽莎
不是微笑
是舞蹈

是韭莲
是风雨花
来自惊鸿一瞥的南美洲
那里有羊驼、雪茄、桑巴
有蓝花楹
金字塔
聂鲁达

2021. 7. 22

国王是喜悦的
喜悦的国王踱出王宫
检阅她的子民与土地
她走，她看，她笑
她不言语
她青丝翠发
插满姹紫嫣红云霞

有人说
这姹紫嫣红云霞
老家在新洲仓埠乡下
你信吗

八月的女儿国
女儿国最好季节
每家每户都沾上喜气
都过上了好日子
每家每户
都有 100 个女儿
一个个姹紫嫣红的
千娇百媚的
一个模子倒出来似的
你信吗

你不信

你走出门

凑上前去细细端详

再花点时间数一数吧

2023. 8. 6

秋天是一间空荡荡的房屋

老住户搬走了

新住户还没搬来

留下无数褪色的衣裳

晾在每一棵树上

通向四面八方的道路

蜷曲着睡去了

一两扇窗子

还敞开着

1987. 4. 4

感受秋天

白露

白露露出白白的身体
棉桃露出白白的身体
小姐姐要嫁人了
她穿起白衣白裙
走出闺房
走在白白的月光下

白的露
白的光
白的温度计
白羽毛落了一地
哨声中挣扎跃起

两手空空
步履迟疑
镰刀与车轮撞在一起
沉默与自白撞在一起
目光与目光撞在一起
没撞出火苗
撞出了白露依稀

2018. 9. 8

凌空劈下

一刀两断

秋分了

热烈的缠绵

久拖不决的官司

丰与歉

有了结果

上帝的归上帝

恺撒的归恺撒

迟到的判决

有了结果

江河沉默

大地无语

紧绷绷的叶子

不住点头、摇头

暗暗松了一口气

2019. 9. 18

哦！小雪

睁开眼
新的一天
小雪下起小雨
等林妹妹
等来宝姐姐

气象台发布预报
偏北风 3 到 4 级
扫落叶
扫小道消息
左扫甄士隐
右扫贾雨村

日近黄昏
阴天转多云
酝酿两种可能
可能喜从天降
可能空欢喜一场

2022. 11. 22

冬天的阳光
像老奶奶的手
宽厚、轻柔
有一些斑斑点点

星期天
老奶奶进城来了
我们一起在阳台上坐了一下午
没有过多的张望
没有聊天
我坐在老奶奶身边
老奶奶抚摸着我
一下又一下

倦意和睡意一阵阵袭来
温暖的感觉
沧桑的感觉
一点一点升起

我默默坐在老奶奶身边
突然想哭
还是忍住了

老奶奶住在很远的乡下

我又忙着上班，下班

见一次面

真不容易呀

1997. 12. 10

吱呀一声
轮子又转了一圈

大家都坐在车上
有的听见了
有的没听见

没听见的还在说笑
听见的人皱皱眉
沉默了一会

1998. 1. 24

我的大学，我的校花

开花季节适合迎新

迎春花开过

凌霄花开了

栀子花开过

紫薇花开了

山下的大学

水边的大学

富丽堂皇的大学

如果没有校花

肯定是个笑话

珞珈山上武大

樱花当仁不让

桂花、梅花

凌波门的水花

暂且退下

喻家山下华中大

我推荐合欢花

东一楼东二楼东三楼

纷纷投上赞成票

北上再北上

从武昌南到三棵树

哈工大的校花

又是什么呢

丁香花吧

在五月

在微凉风中

在朦胧月光下

一个人徘徊不定

不知不觉成为诗人

回到南方

回到长江

回到花团锦簇江大

十拿九稳

荷花独占花魁

六月湖畔深绿

仙女登上舞台

九月两岸微黄

迟迟不肯谢幕

朋友，你听说过吗

江汉大学有三宝

第一宝

就是三角湖的荷花呀

2022. 8. 28

海子与花楸树

汗牛充栋了吧

关于海子

其人其诗

剩下一个空白点

海子与花楸树

海子爱花楸树

爱得热烈

爱得直白

翻开《海子诗选》

103 页最后一行

我爱你，花楸树

这个羞涩的年轻人

这个博爱的才子

爱得如此热烈与直白

确实难得

他爱村庄

爱麦地

遣词造句是谨慎的

献给 S 的诗

更加含蓄了

谁在美丽的早晨

谁在这一首诗中

何时何地

何种原因

海子爱上花楸树

在幸福的一日

到底有什么故事

翻开《海子评传》

没有找到答案

叶子成双成对

女孩子辫子似的

粉嘟嘟的白花

红艳艳的果实

美好、忠诚、善良

花楸树，美好的花楸树

海子眼里的花楸树

是姐姐的样子呢

还是天堂的样子呢

2022. 8. 15

第六辑

有四片叶子的三叶草

这是 1891 年的五月
这是翡翠岛的丽妃河畔
这一年
满山遍野的苹果花
开得纯洁又鲜艳

春风已经醒来
在春风不顾一切的怂恿下
青年叶芝满脸通红
鼓起勇气
亲爱的毛德·冈，你看哪
我用心去找了
真的找到了
有四片叶子的三叶草
上帝终于听见了
我的祈祷
终于眷顾了我
亲爱的毛德·冈
这下子
您再也不会拒绝了吧

这个小小的爱情故事
发生在人类史的纯真纪
那时候
三叶草长满丘陵和洼地

有四片叶子的三叶草

那时候
爱、健康、名誉
就是人民的圣经

那时候
毛德·冈有一丝丝紧张与慌乱
差一点
她就要解下花格子的披肩
给他一个热烈的拥抱

就差那么一点
如果苹果花的香气
再浓烈一点
如果蛎鹬的鸣叫
更温柔一点
如果 25 岁的毛德·冈
不那么紧张与慌乱

如果她看清楚了
这一枚特别的三叶草
真的有四片叶子
每一片叶子
都镶嵌着心形的金边

2018. 1. 2

狡黠的欧·亨利，一直到你吐完
最后一个烟圈，也没有说出
这个谜底。那么去找格林尼治村吧
谷歌上输不进这个地址。去问贝尔曼
可怕的欧·亨利，你让虚弱的老头画完
就直接让他去死，名声与稿酬无从谈起
去问琼西？可怜的欧·亨利
你不说我们也都知道，你是爱她的
你让她在雷雨之夜重生，然后目送她远行
到叶绿花红的那不勒斯海湾

贫穷的欧·亨利，聪明的欧·亨利
勇敢的欧·亨利，在那个疯狂的年代
是你大声疾呼：奔波忙碌的人们看哪
最珍贵的，不是眼前的最后一枚金币
而是心中的最后一片叶子
其实，你就是受到诅咒的贝尔曼
一株孑然一身的老树，一直到死
心中都藏着一片绿叶，让灵魂栖息

一百零六年了，还有人在找
这最后的一片叶子，就像还有人在找
伊甸园、香格里拉、亚特兰蒂斯
欧·亨利管不了这些了

他安安静静地躺在北卡罗来纳州阿什维尔

旁边是他亲爱的女儿玛格丽特·沃斯·波特

也许，这就是欧·亨利的最后一片叶子

2014. 7. 1

首阳山是伯夷、叔齐的

桃花源是陶潜的

激流岛是顾城的

瓦尔登湖是梭罗的

在瓦尔登湖

梭罗砍树、开荒、盖房子

读与写，细细观察

季节、天色、落叶

阳光明媚的正午

一队红蚂蚁与一队黑蚂蚁

来历不明的战斗

邦克山一样残酷的战斗

发生在波尔克总统任期

逃亡奴隶法通过的五年前

梭罗不是伯夷、叔齐

他有吃不完的马齿苋、甜玉米

不是陶潜

不留意柳树与菊花

不是顾城

不发呆

不写诗

不养鸡

手上没有血迹

梭罗也不是刘禹锡
对山上有仙吗
水下有龙吗
诸如此类不胜枚举
形而上、高大上问题
似乎不感兴趣

2021. 8. 18

用孤独敲响船舷

用长笛安慰水底

用燃烧的木头

叩谢天空

听猫头鹰与狐狸合唱

莫扎特小夜曲

用一个鱼钩

钓两条鱼

赞美美

赞美眼睛

蓝眼睛、绿眼睛

细睫毛、粗眉毛

抛一把斧子

抛进镜子里

瞧，它活了

摇头又摆尾

2021. 8. 19

梭罗读了很多书

对于孔子
梭罗是重视的
一次又一次引用

对于诗
梭罗是重视的
一次又一次引用

孔子与诗
之于《瓦尔登湖》
比酵母菌与盐更重要

古希腊与古罗马的神祇
之于《瓦尔登湖》
同样重要

至于永恒与不朽
香格里拉与世外桃源
他并没到提到

梭罗当年 28 岁
很年轻
学问很渊博

有与生俱来的大智慧

2021. 8. 19

苏格拉底的麦穗

其实就是一个即兴的游戏
玩完就完了
无数人无数次议论两千多年
为什么
冥冥中苏格拉底哂笑
也许一半是太闲一半是无聊吧
像我当年一样

到底谁摘下了最大的麦穗
弟子们到底年轻哪
争强好胜
吵个不停
苏格拉底笑了
看
我叹一口气
就搅翻了爱琴海
柏拉图笑了
同学们真可怜
一株麦穗就遮蔽了天空
如何能找到云端上的家园
再远一点
雅典的贵族们笑得更欢
苏格拉底
你这独立、硕大、扎手的麦穗

已经被牢牢攥住

马上就要折断、枯萎了

2013. 6. 15

别哭了，桑妮

抬起头，汤米

这是美好的一天

想想吧，亲爱的

你想多美好

就有多美好

早安，酋长

早安，约塞米蒂

早安，青草与露珠

伪装的独角兽

孤零零、光秃秃、胖手胝足

蚂蚁、壁虎、云豹来了

我不冒失，不恐惧

不错过天堂

仰望的天堂

桑妮、汤米

你们知道的

我想趁年轻

搭一辆便车去天堂

这是美好的一天

巨大的表盘

无声转动的

霍诺德登上了酋长岩

时钟、分钟、秒钟

最后的跳跃

时间停下了

3 小时 56 分钟

别哭了，桑妮

抬起头，汤米

过去了，都过去了

我，亚历克斯·霍诺德

在天堂向你们致意呢

2019. 9. 18

写给 1900

是摇篮，是墓地
你始终没有说出
弗吉尼亚！我爱你

是霓虹，是梦魇
你始终没有说出
帕多万！我爱你

对一生唯一朋友
小号手马克斯
你最终没有说出
永别了！谢谢你

你没有说出的
还有很多
变幻无穷的
经久不息的
涛声琴声欢呼声叹息声
替你说出了
并且漂洋过海
传遍了新旧大陆

时间来到 1998 年
固执的意大利人托纳多雷

又花大功夫大价钱

重新叙述了一遍

2023. 10. 15

我们的父辈

孩子们的公元前
魔鬼国受难记
举起屠刀，难
放下屠刀，难
死在屠刀下
多么容易
多么随时随地

放下屠刀
成不了佛
成不了自己
曾经的自己

不胜唏嘘！读威廉
读弗里德黑尔姆
格里塔、夏洛特
犹太人维克多
读着读着
读出卡佛
读出卡佛父亲
二十二岁的照片
一手拎着一串金鲈
一手拎着嘉士伯啤酒
其可得乎

其可得乎

不胜唏嘘！读着读着
读出李斯
父与子
牵黄犬
出东门
逐狡兔
其可得乎
其可得乎

2022. 1. 20

我想问一问奥本海默

奥本海默

你是普罗米修斯吗

你不是普罗米修斯吗

你兼有神性与人性吗

你盗来的

是天堂之火

还是地狱之火

你骄傲吗

你忏悔吗

你惹恼的

是宙斯吗

你感动的

是赫拉克勒斯吗

如果约翰·肯尼迪不死于暗杀

亲自给你颁奖

你会换一番说辞吗

或者大哭一场

一言不发离场吗

奥本海默

你是一枚原子弹吗

你是一枚烟花弹吗

一丝不苟的你

一丝不挂的你

三缄其口的你

信口开河的你

哪一个你

是当年的你

56 年过去

你又一次复活

你对克里斯托弗·诺兰

基里安·墨菲

颁发安全许可了吗

2023. 8. 31

是一阵风

是一阵风
打断了阅读与沉思
不是我

是一阵风
偷走了礼服与镜子
不是我

是一阵风
混淆了古今与中外
不是我

是一阵风
撵走了闲不住的叶绍翁
不是苍苔
不是红杏
当然
也不是我

2021. 5. 8

忘记一朵蒲公英
柔弱又早慧的蒲公英
也曾漂洋过海
从宜兴飘落艾克兴

忘记一幕悲喜剧
天使与魔鬼
待宰的羔羊们
冥冥中自有天意

忘记所有美丽的错过
错过的居里夫人
错过的海轮
错过的祖国

忘记多年以前
许晴撒娇式的追问
以及多年以后
灿烂的羞涩与自得

忘记徐风
这个有心人
以忘记的名义
打捞起闪光的记忆

忘记辛丑年的南来风

蓄谋已久

突如其来

吹动了大江边的一株芳草

掠过芳草的一只萤火虫

2021. 4. 29

以几朵浪花的诞生牺牲
定义一条巨大河流

以温情
唤醒悲情

是远行
又是走近

是喃喃自语
又是洪钟大吕

2023. 3. 30

一滴泪

不是穆旦的
比亚洲小
小过赞美
不是海子的
大过德令哈
大过姐姐

是巫宁坤的
99 岁风雨沧桑
浓缩成一滴泪

不是一滴水
没那么纯粹
不是一滴血
无数寒来暑往
已褪去血腥味
我归来
我受难
我幸存
我有一滴泪
我只有一滴泪，赠予
爱恨交加的土地

一滴泪

无穷小

小过蚂蚁

小过瓢虫的勋章

无穷大

前天，又一次

它砸进太平洋

掀起经久不息的风暴

2019. 8. 12

老人与海

生活是不容易的
加勒比海是不平静的

不是吗？圣地亚哥的故事
还在继续

大马林鱼再大
也大不过古巴

大马林鱼有 1950 磅
古巴有 10 万平方公里

大马林鱼害怕鱼钩与鱼叉
鲭鲨与星鲨

古巴不怕！古巴有科伊巴
不死也不老的切·格瓦拉

2021. 5. 14

小小的伊豆

小小的舞女

小小的动作与表情

小小的心动

小小少年

小旅途

小邂逅

微风细雨

淡淡彩虹

在海与山的那边

海与山的这边

在过去

在现在

在将来

2021. 5. 14

美丽的梭罗河

美丽的梭罗河

你有多美丽

多少少年唱呀唱呀

不知不觉就老了

多少少年听呀听呀

不知不觉就老了

美丽的梭罗河

你有多美丽

多少老人唱呀唱呀

不知不觉回到少年

多少老人听呀听呀

不知不觉回到少年

2018. 3. 10

轰隆隆、乱糟糟、闹哄哄

酒会、舞会、演唱会的间歇

风光无限的两枚帅哥才子

潘安邦与叶佳修

安静了一小会

叶佳修想修呀

潘安邦却不安

不安的帅哥缠住才子

谈了一整天

从日上三竿到晚风轻拂

都是关于外婆与澎湖湾的故事

外婆，澎湖湾

澎湖湾，外婆

口干舌燥

饥肠辘辘

潘安邦还在絮絮叨叨

没完没了

多么深情的帅哥

多有耐心的才子

白浪与沙滩

椰林与夕阳

嘴巴与耳朵

就这么耗着

没完没了

再耗下去

会出人命的呀

这一件较为私密的故事

发生在 1979 年

那一年

我国刚开始改革开放

我刚上大学

一位天使正翩翩舞动翅膀

即将降临人世间

2018. 3. 11

悟空呀，怎么说好呢

俗话说

一把钥匙开一把锁

俗话又说

恶人自有恶人磨

玩个游戏

棒子虫子鸡

棒子打鸡

鸡子吃虫子

虫子咬棒子

说破天

金箍棒也是棒子

也怕虫子

又白又嫩又胖的虫子

就是陈和尚

俗话又说

你有千条计

我有老主意

使命庇护了愚蠢

道德绑架住本事

再不济事

就念咒语

悟空呀，你个熊孩子

打完妖怪

找观音菩萨哭去吧

2022. 4. 28

你不是一般人

你特别白特别嫩

特别痴特别强

水与火合体

风马牛生死相依

你是个特别的唐僧

特别于贞观年间 480 寺

暮鼓晨钟

默默无闻

其余 99999 个唐僧

你不是一般人

一会是金蝉子

一会是江流儿

一会是座上宾

一会是阶下囚

有人称赞你的心

有人惦记你的肉

你呀，你呀

你有袈裟、锡杖、紧箍咒

没七十二变

没金刚钻

偏揽瓷器活

馋了妖魔鬼怪

苦了土地神仙

连累又连累

三位积习难改的徒弟

你呀，你呀

你不是一般人

你成了佛

成了天上的星星

别人成了你

成名成家

成为不一般的人

2022. 4. 30

清明节想起一个人

已故

非亲非故

人们说

他是个可爱的人

他爱江山

别人的江山

山那边的废墟

河底的斑驳

他一一细细抚摸

他爱美人

别人的美人

身在黄州、池州、睦州

一心惦记湖州

陶渊明爱桃花源

他爱杏花村

一阵秋风

一场春雨

以后

以后的以后

野花野草多起来了

2021. 3. 25

孟浩然这个人

有点意思

不农不工不商不仕

不操心不操劳

也不愁吃喝

隐居鹿门好久

也不曾养鹿

他人缘不错

王维为他画像

李白为他题诗

张说为他游说

可惜叶公好龙

可惜孟夫子

得罪了唐玄宗

孟浩然一辈子

够自在的

游山玩水

吃吃喝喝

五十一岁那年

一不小心

吃喝死了

2021. 4. 22

第七辑

致莫宁

莫宁，你忘记了吗
你以前说过
钉子钉久了
会生锈的

我信了，你看哪
海风、海浪、海鸥的鸣叫
从北岛到南岛
望不到尽头的一号公路
把一枚钉子擦得亮亮的

莫宁，莫宁
我想个不停
如果我们同行
一起发呆发疯
明早一起去往达尼丁

莫宁，你是对的
名词比形容词更可靠
爱人比亲爱的
可靠一百倍一千倍

就像昨天，在东海岸
我迎头撞上的摩拉基大圆石

用上一吨的形容词

又有什么意思呢

就像一份变质的爱情

用上一吨除臭剂

又有什么意思呢

莫宁，莫宁

我想个不停

如果我们同行

一起发呆发疯

明早一起去往达尼丁

2019. 4. 18

青茶，谈够了莫宁

该谈谈你了

我不该也不会问你，在达尼丁

你究竟跑上跑下几回

直到精疲力尽

当夕阳西下，夜幕降临

你！是不是有不管不顾

一骨碌滚进草丛的冲动

最终冲动是否赢了矜持

青茶，放过眼前吧

放过普鲁士蓝、英伦范

色彩鲜艳的多肉，这里还有那里

将谁唤醒又湿润

在海边，谁深信不疑

这不是摩拉基大圆石

这是乔装打扮的海明威

这是维西亚庄园的客人们

我说青茶，说说你自己吧

你为什么叫青茶呢

为什么不叫凉白开、茅台、威士忌

为什么不叫红茶、普洱、铁观音

你是谁的青茶

在异国他乡

海风、海浪、海鸥的鸣叫

达尼丁、基督城、皇后镇

无与伦比的雅芳河

可曾将你珍惜、爱抚、啜饮

2019. 4. 19

我看见天蓝蓝的滤掉所有白云

我看见橡树由于激动抖个不停

我看见草在动，簇拥着跑过窗前

一路追逐昙花一现的明星

我没有看见松鼠，我的芳邻

第 31 日，曼彻斯特市中心

我在无花果和橡树的浓荫下安眠

一翻身便碰响了远道而来的风

居无定所的风

捉摸不透的风呀

请走了友善的芳邻

合拢了晦涩的课本

把街上流行的英语拉成絮状

依稀鄂南山村里断续的乡音

我在英国聆听风声

想象风把黑白染成彩色

想象风从海岸刮向高原

想象一只鹰在风中劲舞

想象我的目光

因为仰望而永葆青春

2001. 5. 28

冥想意大利

活火山与地中海的孩子

瘦归瘦

结结实实

绅士风度十足

北欧的挪威

南美的智利

是他走散的表兄弟

蓝色的火焰

蓝色的忧郁

蓝色的呐喊与呼吸

越过一千年、两千年、三千年

越过台伯河、地中海、阿尔卑斯山

通向元老院的大路上

走过高卢人、迦太基人、西哥特人

来自长安的商人们

《神曲》《十日谈》《爱的教育》

祖母的祖母

大学的大学

1088

博洛尼亚

毫无疑问

玄奘取回了真经

马可·波罗到过中国

甜甜的,《罗马假日》

涩涩的,《西西里的美丽传说》

帕格尼尼之后

诞生了帕瓦罗蒂

他的第一声啼哭

就十分特别

他爱美食、美人、美声

有人说他不识简谱

毫无疑问

是个错误

夕阳下的比萨斜塔

主人兜售比萨

冬日里的庞贝古城

游客谈起庞培

一辆辆玛莎拉蒂

一个个玛莲娜

里奥·梅西

里奥·梅西

瘦瘦的意大利

胖胖的吸引力

有人走遍罗马

寻找安妮公主

有人走遍罗马

寻找恺撒最后的叹息

2022. 4. 18

阿尔卑斯山若隐若现

日内瓦湖挥之不去

红房子，青草地

伯尔尼热吻的少男少女

如今生儿育女了吗

还是一拍而散

往事如过眼云烟

垂死的狮子，英雄的故事

瑞士军刀

如今只有袖珍版的

世贸组织大门对面

有长城中餐馆

厨师来自武汉

味道还是蛮正宗的

当年一行七人

一路欢声笑语

如今团长去了天堂

团员依次解甲归田

漂亮的翻译

当时山盟海誓

急着嫁人呢

如今归于平淡

偶尔为老二的学习着急

2022. 4. 21

去张骞、玄奘、郑和

没去过的地方

去初中、高中地理老师

没讲过的地方

去你的、你朋友的朋友圈

空白的地方

去冰岛

去外星球

去冰火两重天

去鳕鱼、海鹦、三色堇的家乡

边听边看

简单的富裕

富裕的简单

去约会蓝湖

返回纯洁少年

去遭遇喷泉

遭遇青春冲动

去漫行黑沙滩

捡一枚两枚三枚

大难不死的黑天鹅蛋

端详，把玩，物归原主

去淋浴北极光

左边是冰川

右边是荒原

中间是你

赤裸裸的你

无依无靠的你

无欲无求的你

在冰岛

天是蓝的白的

地是灰的黑的

一页纸讲完历史

一页纸讲完现实

剩下的时间与空间

都是你自己的

在冰岛

似乎你自己

就是你自己

2022. 4. 19

从虚无来

到虚无去

嫩嫩的呼吸

吞没了我

我们

摇桨的杰克

云淡，风也轻

不惊动水草与树林

近处的银蕨、几维鸟

远处的南十字星座

好的，杰克

深呼吸

天堂的气息

是雅芳河

不是激流岛

是基督城

不是顾城

从虚无中来

到虚无中去

云淡，风也轻

深呼吸

不谈诗

不谈英儿

就十分美好

2022. 4. 20

这硕大的菠萝

这宙斯的杰作

这天鹅、海盗、圣诞老人的故乡

在九月

雪白的帷幕正缓缓落下

珍贵的阳光随微风飘洒

为远行的天鹅、大雁

送上祝福与力量

同样的仁慈

同样的温柔

还赠予了诗丽雅号的疲惫水手

一丝不挂的阿曼达姑娘

2017. 9. 8

印象俄罗斯

白、蓝、红
哦！那是国旗

蓝、白、绿
哦！那是天空与土地

金色、金色、金色
哦！那是巍峨的教堂
抹不去的记忆与辉煌

2017. 8. 31

纪念碑

从北美到南美
不可能错过纪念碑

话语权来自刀剑
征服者指示
新大陆的故事
从纪念碑说起

青铜骑士
骑在马上
大人物意气风发
纪念碑说
纪念碑不容置疑地说
他们是创世纪的一群人
他们之前的历史
无非一幕黑暗
又一幕黑暗

一座又一座
纪念碑
矗立在美洲大地
一个又一个
叹号
矗立在美洲大地

我看见

我震撼

我疑惑

我无语

2018. 11. 28

一棵松

高贵的地中海松

生长在非洲的东北部

这一边

红海、阿拉伯半岛

半黄半蓝

那一边

撒哈拉大沙漠

无际无边

它有蓬松漂亮的树冠

顶着地中海

这蔚蓝色星球

蔚蓝色头巾

树干挺拔

根系发达

分别系住了沉甸甸的

苏丹、埃塞俄比亚

刚果、卢旺达

坦桑尼亚、赞比亚、乌干达

2019. 6. 3

马达加斯加

这个孩子怕热
怕热闹
逃离了非洲
一箭之地
又有点想家
马达加斯加

饿了怎么办呢
饿了有猴面包树
此地猴子不多
一个个彬彬有礼

此地有没有马
可以实地考察
马一齐
不是马
不是马姓兄弟

马一齐
日子过得不错的
山下有田
山上有泉
泉水边有大剧院
有天王殿

天王殿里有广目

广目不是天王

是小帅哥

2023. 8. 30

看什么看

看桌
桌山的桌

看角
好望角的角

看鹤
蓝鹤的鹤

看饿
饥饿的饿

一个衣衫不整、胡子拉碴的
白人小伙子
举着"我饿了，帮帮我"的小纸牌
朝我们走过来了

2019. 5. 29

富饶、美丽、安静的好去处
辽阔的拉普拉塔河
白银之河
是她的母亲、情人、保姆

市长拉丁裔
热情、奔放
与拉丁裔伙伴们
搂搂抱抱
亲了脸颊亲眼角
不亲来访的东方客人
我们三分失望
七分放心

友好会谈
三分空气
七分水
放了三五块冰块
水来自门外的拉普拉塔河吗
显然
这是个愚蠢问题

来访时机不好
来访时机太好

当时是周末
当时河床队对博卡青年队的决赛
就要开始了

2022. 4. 21

圣马丁公园

在阿根廷布宜诺斯艾利斯

不在潘多拉星球的某个角落

你确定吗

圣马丁公园的蓝花楹

是地球上的植物

不是潘多拉星球的

你确定吗

英俊少年刘天宇

滔滔不绝

谈此国此城此地

谈美景、美食、马拉多纳

谈街头巷尾的抢劫事件

太多了

有视频为证

他边说边笑

露一口整齐洁白牙齿

在圣马丁公园

2022. 4. 19

淡淡飘过

圣尼古拉斯

圣路易斯

圣保罗

我来了

我看见

我说了些什么

我不是骑士、牧师、庄园主

我不狂热、不冲动

淡淡的我

淡淡飘过

淡淡飘过

我多么匆忙又粗心呀

我甚至

没有收藏一枚绿叶或花朵

没录下一阵鸟鸣

淡淡飘过

无边无际的河流

无边无际的绿洲

红房子、青石路

浓浓的咖啡芳香

郁郁葱葱的圣马丁广场

那里有高大又柔美的蓝花楹

有流浪汉也有野鸽子

还有英俊少年刘天宇

2018. 11. 27

漂流瓶及其他

一

十九世纪
南太平洋
某座荒岛
星期五醒了
一脸兴奋
主人，快看哪
海上漂来了一只漂亮瓶子

一开始
鲁滨孙也很兴奋
一把夺了过来
看了个内内外外

唉！是空的
还不如一只青椰子

二

二十九世纪
流浪地球
流浪到了哪里

小麦哲伦星系

大麦哲伦星系

仙女座星系

先知预言

40 亿年后

仙女座星系

将吞并银河系

哦！刘慈欣先生

沉沉黑暗

漫漫旅途

七级文明

或者六级、五级

会不会随手拾起

这一只漂流瓶

2024. 1. 31

第八辑

微　笑

微
笑

是青蘋之末催生的柔风
是阳光雨露孕育的花蕾
是突如其来的怦然心动
是骤雨后的彩虹
是暗夜里的星光
是游子的回故乡之路
是虚掩的门
是微笑

是一种欢欣
一份会心
是一种欣赏
一份善心
是柔风吹动了柔风
于是就有了风景
是花蕾摇醒了花蕾
于是就有了花花世界
是微笑
微笑吧
微笑着
和微笑着的朋友在一起

2012. 12. 5

萤火虫

会飞的露珠

闪着微光

会呼吸的琥珀

记录沧桑

会舞蹈的精灵

激动整个村庄

点亮黑夜的火把

唤醒少年幻想

比一瞬间更短

比一辈子更长

陨落的繁星

来自天堂

孤单的孩子

在风中流浪

仲夏夜之梦

梦见了什么

飞呀，闪光呀，迎风歌唱

在山下，在河边，在荒无人烟的远方

越过无穷岁月

忽然热泪盈眶

一灯如豆，一叶知秋，一苇渡江

这些深奥的道理

萤火虫知道吗

她闪着微光，自由翱翔

在山下，在河边，在荒无人烟的远方

在书里，在画里，在背井离乡人的心里

激起涟漪，引发回响

比一瞬间更短

比一辈子更长

2011. 7. 13

给 XSR

让我静静地望着你吧

你戴上我那枚白底镀金的校徽
很神气地踱来踱去　又站住
清清嗓子　模仿着滑稽的男低音
你梳拢乌黑的披肩发　又散开
谈起小时候碰见鬼的情形
一边说　一边咯咯地笑个不停
你从网兜里拿出一个青青橘子
递给我　又缩回去
馋一馋你看你还这样文质彬彬

让我静静地望着你吧

你翻开相册抹去岁月的灰尘
感叹无忧无虑的日子与过眼烟云
能遇上我的家伙还算幸运
你记得那个多雨的春天总没有来信
发誓恨透我了　再也不理我了
可晚上总梦见一个熟悉的身影
你为我织一件过冬穿的毛衣
一针一线缠着柔柔的歌声
小屋很静　风正对落叶悄悄叮咛

让我静静地望着你吧

1987. 3. 14

我喜欢的女子不要多话

我喜欢的女子不要多话

不要学麻雀啁啾

不要学乌鸦嗔噪

也不要学滴泣婉转唱个不停的

百灵、画眉之类

如果是那样

买台收音机、电视机、VCD

就足够了

功能虽说少点

麻烦相对不多

我喜欢的女子不要多话

白天忙忙碌碌的

哪有说话的余地

夜晚安安静静的

就更不需要说了

我喜欢的女子不要多话

要抓紧时间

把该做的事情做好

把想做的事情想好

如果累了就去睡吧

醒来时伸伸懒腰

拢拢乌发

露出安详知足的微笑

那便是世上最美的花朵了

我喜欢的女子不要多话

不过

在织着毛衣或抱着孩子时

哼哼小曲

我还是很喜欢的

1998. 3. 9

好好地

好好地吃饭
吃下别人的智慧与汗水
长自己的力气与品行
一声不响地吃
吃得干干净净

好好地默念
远方的种田人
在特别悲伤的日子
特别感恩那一位
找到金种子的人
他默念天下苍生
创造了奇迹
他纯粹，一生纯粹
他是一粒金种子
耐风霜耐贫瘠
他有朴实的外表
晶莹剔透的内心

好好地活着
活成一株超级稻的样子
在一样的土地上
开不一样的花
结不一样的果实

我行吗？试试吧

那颗星星在天上

看着你哪

2021. 5. 22

绿皮火车

是他们的
不是我们的
是大平原、大草原、大兴安岭
天涯海角
西双版纳
塔里木盆地的
是四点零八分的北京的
不是许茂和他的女儿们的
不是香雪的

不是我们的
我们有水牛、水田、水渠
还有用脚吹奏
哗哗啦啦的水车
就足够了
有炊烟袅袅
鸡犬之声相闻
就足够了
一想到绿皮火车
不顾一切、浩浩荡荡的气势
山沟沟里的乡亲们
往往羡慕又庆幸
往往不寒而栗

2020. 8. 14

成长的时候
感觉不到成长
小鱼小虾小孩子
他们是幸福的

从井里挑走一担水
井水是满的
下午再挑走一担水
井水还是满的
挑水的人
是幸福的
有时他们的幸福
会溢出来

桌椅板凳
总有人坐
旧衣服总有人穿
随便上一座山
总能砍下一捆柴火
而青山还是青山
砍柴的人
是幸福的
有时他们的幸福
会吱呀吱呀唱出来

时间还早

登上山顶

四下观看

山连着山

青山的深处

是灰蒙蒙的山

越远颜色越淡

直到隐入云间

山连着山

沉默寡言

它们都没有名字

都没有开始与末日

它们都长满满山红、落叶松

春来红如绸缎

深秋裸露出金与铜

2018. 9. 16

我说你

你洗洗洗

洗土豆

洗了几个钟头

你不头疼吗

我要中风了

为什么

我劳神费力

洗干净洗彻底不好吗

你不该说声辛苦了谢谢吗

不要白费力气了

洗不干净洗不彻底的

为什么

因为我是土豆呀

2023. 7. 11

我
要

我要真正读懂
顾城、海子、许立志
同时刻意远离
高楼
铁轨
歪脖子香樟

我要细嚼慢咽
大米和白面
直到品出
水的纯
土的涩
花的芬芳

我要走进森林
找到蘑菇
找到采蘑菇的小姑娘

我要飞得更高更远
我已经到过
华兹华斯、普希金、海涅的家乡

我要在都市寻宝
透视吞噬一切的洪流

找回水滴的羞涩与善良

我要善待自己
善待诗
我创造的、目睹的、听说的
有意义和有意思
我都会轻声说出来
并且赋予它们
不朽的美丽与荣光

2017. 12. 29

诗人们

一位诗人移居海之南
一位诗人筑巢大崎山
一位诗人凋谢了
在沁人心脾的桂花香气里
秋分以后，寒露以前
唉！他多年轻，多有才华
他是一朵灿烂的早樱花

一位 80 后诗人
计划活到一百岁
99 岁不甘
101 岁不贪
一位 50 后诗人
写出了百年之后
这是不是你巅峰之作
他笑笑
顾左右而言他
一位诗人长得很朴素
60 后或者 70 后
左手写诗，右手酿酒
诗特现代，酒则传统
浓香酱香还是清香
来成都嘛
来红树村嘛

要知道梨子滋味

就要亲口尝一尝

2023. 10. 21

飘呀飘呀，飘不见了

离最后的晚餐

还有 15 天

你和你一起

给飘飘写的信

我看见了

呀！不不

我听见了

然后收藏了

多浪漫，多缥缈

飘飘呢？你的

你们的飘飘呢

还在读高二

还在读大二

还在一边烦烦烦

一边撒娇吗

青春哪！多么美好

飘呀飘呀

飘过去，飘过来

有点轻

有点柔

有点沙哑

飘过去，飘过来

多么美好

然后月圆了
然后桂花开了
然后一阵风吹过
飘呀飘呀，飘不见了
夏天到了
春天还没来
飘呀飘呀，飘不见了

2023. 10. 17

松脂

我要像松树一样活着

忍风霜，忍贫瘠

年复一年，日复一日

给松鼠和穷人馈赠尽可能大一点的松果

并且在日月精华袭来时自然受孕

生出松脂一样清爽漂亮的儿女

生出清爽漂亮的诗

清爽漂亮的儿女

清爽漂亮的诗

一滴又一滴，在该来的时候

来到人世间

透明、圆润、蹦蹦跳跳

来到人世间

他们好奇这世界

也给这世界带来好奇

我足够老了

这足够好了

我不会问我的孩子们

你们会活得很久活成琥珀吗

你们会像松节油很快挥发吗

我不会问

孩子们也不会回答

2015. 1. 25

学做好人

学会赞美火把蜡烛煤油灯

他们乌眉皂眼，脾气火暴

唾沫星子一不小心

喷你一头一脸

你有九十九个理由不喜欢

但他们这样不管不顾

燃烧到死

又为了什么

他们不就是我们的爷爷奶奶父亲母亲吗

我们不也一点点变成火把蜡烛煤油灯吗

学会赞美大地上的生灵

他们和我们一样

都是诺亚方舟号的幸存者

他们和我们一样

正搭乘泰坦尼克号

驶向不可预知的旅程

他们觅食求偶飞翔奔跑

尽情展示生的美好

他们尽量掩盖好伤痕骸骨

挣扎中无助的哀号

这一切

给了我们多少安慰呀

学会赞美一首诗

如果诗确实不错

就赞美诗

如果诗确实不行

就赞美写诗的人

2014. 10. 13

感悟

让那些幽梦弥漫在空中
让那首恋曲回荡在胸中
让那些往事湮没在征尘里
让我依然年轻　并且从容

再没有开怀笑过
这没什么
再没有动情哭过
这没什么
一袭布衣走过叮当作响的闹市
这也没什么

即使天不再湛蓝
树不再碧绿
即使再没有风起云涌
电闪雷鸣
我依然能看清遥远的地平线
并在新世纪的召唤声中
奋力翱翔
在群峰之上

这是在漫长的跋涉后
注定到来的时刻
我要从容镇定

越飞越高

达到廉价的喝彩声

无法企及的高度

1995. 9. 6

这么多年了

他还是改不了睡懒觉习惯
胃口脾气还是很好
视力酒量还是很差
头发还是乌黑发亮
笑容还是真实自然
大家都说他一点也不显老

这么多年了
他是保持朝前走的姿势
还是追求荣誉
还是渴望成功
还是喜欢看书写诗下围棋
还是喜欢独处并耽于幻想
还是不修边幅
还是对衣冠楚楚华而不实者
不屑一顾不以为然

这么多年了
我没有见他哭过
我没有听他说累过
我知道他一路跋涉一路歌唱
我不知道他到底
能走多远

1998. 3. 19

懒人

懒得运动

懒得接受新事物

只用微信

只骑单车

只选大魔法师

只唱《同桌的你》

唱得还怪投入的

老好人

我认识的人

都说他好

有时一桌子人

就我说他不好

好什么好

就是一个和事佬

也不知道这些年

他是如何当一把手的

怕老婆的人

一开始就怕

怕到如今

一吵就举白旗

他到底有什么把柄

捏在母亲手里

自恋的人
一有机会就吹
什么爱学习，肯努力
一步一个脚印
一切都靠自己
难道就没有运气成分
没有贵人助一臂之力

一触即跳的人
可以说他懒
可以说他笨
说他随遇而安
不能说，千万不能说
他写的诗不行
我试了几次
狗急跳墙
兔急咬人
一副穷凶极恶样子

2021. 6. 20

琥
珀

一

时候到了
蛾子开始在草纸上写遗嘱
写着写着
饱满的身体瘪了下来
写满巴掌大的一片纸
身体就完全僵硬了

少年目不转睛
读完生死轮回
从一年级到五年级
少年目不转睛
一连读了五回

二

时候到了
少年用草纸折纸船
从一年级到五年级
折得越来越好
折得越来越慢

天有点黑了

少年来到朝阳河边

目送轻飘飘的纸船

载着轻飘飘的蛾子

越漂越远

风吹动少年衣衫

少年眼里噙着泪水

他不让父母看见

也不让姐姐看见

三

时候到了

春暖花开

蝴蝶在野花丛中翩翩起舞

少年满心喜欢

少年满心喜欢

他看见其中的一只

栖在自家的窗棂上

久久不肯离开

哦

肯定是蛾子复活了呀

少年深信不疑
现在已经是老年了
仍然深信不疑

他没告诉妻子
也没告诉儿子

2015.9.2

每次旅行都丢东西

大的都带走了
丢下小的
重的都带走了
丢下轻的
身体和随身的都带走了
丢下伸手够不着的

丢下泛黄的青春
丢下懵懵懂懂的心愿
丢下皱巴巴课本
丢下半拉子工程
丢下惊鸿一瞥
在落叶纷飞季节

丢下至爱的亲人
你也曾用力拉呀拉呀
使完了浑身的精气神

何时何地，何情何景
最后旅途丢下所有
一粒流萤微弱闪过
丢下蔚蓝色星球

2016. 4. 15

那抛弃我们的
不是土地
是水泥

那抛弃我们的
不是鞭子
是扇子

那抛弃我们的
不是牛马
是马背上的传说
夕阳下牛的背影

那抛弃我们的
不是黄的枇杷
紫的桑葚
是微醺的暖风中
你和我
一刹那的犹豫

2023. 12. 17

你是我的镜子

你是我的镜子

自某年某月某日起

照见我的花开

照见我的叶落

照见我的锦绣前程

一路泥泞

照见我的失态

不多久就有一次

当时有多狼狈呢

我怎么会知道呢

你也不说

你是沉默的镜子

厚道的镜子

你是我的镜子

日晒雨淋

掩不住锈迹斑斑

掩住了内心伤痕

我呢？我也是你的镜子呀

掩不住锈迹斑斑

掩住了内心伤痕

2024. 2. 12

天黑了又亮了

清扫过的街道了无痕迹

我爱过也恨过

如今孑然一身流浪于人海

被无法抗拒的力量牵引着

一摞摞底片

——被岁月曝光

我只在诗中记录生命

记录曾有过的忧愁与愉悦

一个顿悟

一阵迷茫

微风掠过水面的一种形状

鲜血滴落泥土的一个过程

许多首诗写了就忘了

一两个句子总也写不完

很久以后的一个冬日

暮色四合中我掷笔长叹

突然看见亲切的诗句结队飞来

翩翩扇尽滚滚红尘

带我到一个夏天的夜晚

看一位少年

攀上树梢

找寻星空的奥秘

哦

少年你别丢下我呀

1993. 11. 7 ·